DARHAN
LA FÉE DU LAC BAÏKAL

SYLVAIN HOTTE

DARHAN
LA FÉE DU LAC BAÏKAL

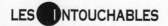
LES INTOUCHABLES

Les Éditions des Intouchables bénéficient du soutien financier de la SODEC, du Programme de crédits d'impôt du gouvernement du Québec et sont inscrites au Programme de subvention globale du Conseil des Arts du Canada.

Nous reconnaissons l'aide financière du gouvernement du Canada par l'entremise du Programme d'aide au développement de l'industrie de l'édition (PADIÉ) pour nos activités d'édition.

LES ÉDITIONS DES INTOUCHABLES
2316, avenue du Mont-Royal Est
Montréal, Québec
H2H 1K8
Téléphone : (514) 526-0770
Télécopieur : (514) 529-7780
info@lesintouchables.com
www.lesintouchables.com

DISTRIBUTION : PROLOGUE
1650, boulevard Lionel-Bertrand
Boisbriand, Québec
J7H 1N7
Téléphone : (450) 434-0306
Télécopieur : (450) 434-2627

Impression : Transcontinental
Infographie, maquette de la couverture
et logo : Benoît Desroches
Illustration de la couverture : Boris Stoilov

Dépôt légal : 2006
Bibliothèque nationale du Québec
Bibliothèque nationale du Canada

ISBN 2-89549-208-5 à 0,99 $; 2-89549-205-0 à 8,95 $

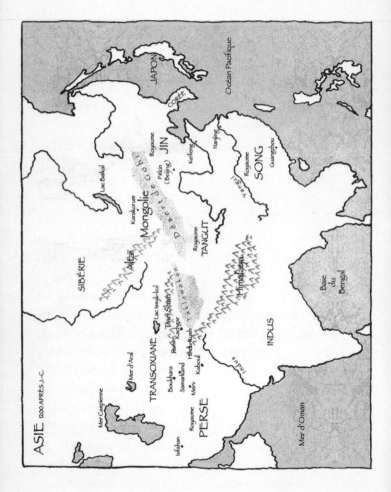

PROLOGUE

Un vent chaud soufflait sur la steppe. Partout, jusqu'à l'horizon, s'étendaient les corps des hommes tombés au combat. À la lueur du soleil couchant, on voyait briller dans les milliers d'armes et d'armures des guerriers endormis à jamais. Une scène d'une effrayante beauté, dernier salut à la folie humaine.

Darhan, assis sur sa monture, regardait le triste spectacle qui s'étalait sous ses yeux. Tout lui semblait irréel, insaisissable. Dans le vent, ses longs cheveux noirs battaient contre son armure la mesure de cette sinistre mélopée. Sa main droite n'avait pas quitté le pommeau de son épée ensanglantée. Un jeune garçon, à peine plus vieux que lui, gisait tout près. De l'autre main, Darhan flattait la crinière de Gekko, son cheval. Il lui parlait en gardant les dents serrées, comme pour retenir son amertume.

– Dis-moi, Gekko… dis-moi ce que je suis venu faire ici. Pourquoi ai-je fait tout ce chemin pour en arriver là?

Gekko frappa lourdement le sol avec sa patte avant. Il ne fit rien d'autre. Il n'y avait rien à ajouter.

Le galop d'un cheval, accompagné d'une voix puissante, se fit entendre derrière lui. C'était Ogankù, qui arrivait à toute allure. Il s'approcha de Darhan et tira avec énergie sur la bride de sa monture pour l'immobiliser complètement. Il était sale et épuisé, avec ses cheveux noirs qui lui collaient au visage. Mais son énorme sourire témoignait d'un immense soulagement. Il levait le poing haut dans les airs.

– Victoire! C'est une grande victoire, Darhan! Grâce à toi, mon frère, nous avons pris le front ouest. Et ce n'est plus qu'une question de temps avant que les autres tribus ne prennent celui du nord. Dans quelques jours, tous les Perses vont pourrir en enfer!

Darhan ne se retourna pas vers Ogankù, gardant ses yeux fixés sur les cadavres devant lui. Il sentit les larmes lui monter aux yeux et chercha tant bien que mal à les retenir. Il caressa frénétiquement la crinière de Gekko.

– Mais qu'est-ce que tu as, Darhan? dit l'homme. Tu devrais te réjouir. Gengis Khān a demandé à te rencontrer. Tu imagines?

Darhan sauta d'un seul bond en bas de sa selle. Gekko recula de quelques pas et hennit sauvagement. Le garçon tint fermement la bride du cheval qui vint se placer tout près de lui. L'animal regarda son jeune ami.

– Dis-moi, toi, Ogankù, ce que je suis venu faire ici.

– Toi seul le sais, Darhan. Tu es un garçon étrange et je n'en ai aucune idée. Mais il y a une chose que je sais: ce soir, Gengis Khān donne un grand repas en l'honneur de ses guerriers les plus valeureux et tu as ta place à l'une de ces tables. Tâche de nous faire honneur!

Sur ces paroles, Ogankù poussa un cri retentissant dans la plus pure tradition des guerriers mongols. Il partit à toute vitesse au galop. Darhan resta à contempler le coucher du soleil. Ce dernier tombait maintenant sur la cité de Samarkand, illuminant le dôme de la grande mosquée et faisant éclater le minaret de mille feux. Le lendemain, les armées de Gengis Khān prendraient la ville et de nouveaux massacres auraient lieu. Darhan pensa à la fée du lac qui lui avait tendu la main. Elle lui faisait confiance.

« Prends soin de ton cœur », avait-elle dit.

Lorsque l'astre du jour eut complètement disparu et que, dans le ciel, s'allumèrent les étoiles, le jeune garçon eut une pensée pour sa mère et ses sœurs qui l'attendaient quelque part, près du vaste désert de Gobi.

CHAPITRE 1

Du désordre dans la steppe

Un vacarme puissant arracha Darhan à son sommeil. On aurait dit un roulement de tonnerre comme dans les pires orages. Mais celui-ci était continu et le petit paysan pouvait sentir le sol vibrer à travers son lit. Que se passait-il? Il glissa sa main dans ses longs cheveux noirs en essayant de comprendre. Il y avait un moment à peine, il rêvait qu'un guerrier l'invitait à la table de Gengis Khān. Il revoyait encore clairement le champ de bataille et tous les cadavres étendus sur le sol. En regardant autour de lui, il voyait maintenant ses sœurs, Mia et Yol, qui dormaient dans des couvertures de peaux de moutons. Qu'est-ce qui faisait trembler la terre? Seul un séisme pouvait faire ainsi bouger le sol. Il fallait sortir à l'extérieur immédiatement.

– Levez-vous! cria Darhan à ses deux sœurs.

– Qu'est-ce qui ce passe? fit Mia, la plus vieille.

Elle avait ses longs cheveux en broussaille et arrivait à peine à distinguer quelque chose. Mais elle vit au regard de son grand frère, et aux objets qui s'agitaient tout autour, qu'il était urgent de sortir. Elle réveilla la petite Yol qui n'y comprenait rien.

– Où est maman ? demanda la petite.

– Je ne sais pas, dit Darhan qui ne voyait sa mère nulle part dans la petite yourte familiale.

Il prit l'enfant dans ses bras et sortit à l'extérieur, accompagné de Mia.

Le jour se levait sur la steppe verdoyante. On voyait au ciel dégagé que ce serait une journée magnifique, si ce n'était de ce bruit infernal qui faisait trembler la terre et qui perturbait le calme habituel de la plaine.

La yourte, cette grande tente blanche et circulaire dans laquelle ils faisaient les saisons sur la steppe, tremblait de partout. Les feutres tendus, qui servaient de toile, s'agitaient frénétiquement. Sur la haute colline dominant le paysage, Darhan vit sa mère qui agitait les bras. Prenant ses deux sœurs par la main, il courut pour la rejoindre. Lorsqu'ils furent arrivés tous les trois près d'elle, elle leur fit signe de s'accroupir dans l'herbe haute et de ne plus bouger. Elle leur montra, par-delà la colline, ce qui avait troublé leur sommeil :

c'était un immense troupeau de bétail. Il semblait s'étendre à l'infini, allant des montagnes jusqu'à l'horizon lointain. Le pas lourd des bêtes faisait lever un nuage de poussière qui montait haut dans le ciel, jusqu'à camoufler le soleil.

– Qormusta! s'exclama Darhan, invoquant le grand créateur. Comment peut-il y avoir autant de vaches au même endroit?

– Cinq mille têtes de bétail, répondit sa mère. Ce sont les allégeances d'un royaume de Chine à Gengis Khān. Les Jin ont fait don de ces vaches afin que le grand empereur des Mongols ne les envahisse pas.

Le royaume Jin était un royaume chinois qui bordait l'Empire mongol à l'est. Il avait été annexé par Gengis Khān au tout début de ses conquêtes. Celui-ci n'avait jamais réussi à prendre Pékin, la capitale. Mais il avait semé une telle désolation dans les campagnes environnantes que l'empereur chinois avait abdiqué. Les seigneurs du royaume Jin, afin de conserver leurs privilèges, offraient de nombreux cadeaux au Grand Khān.

– Cinq mille vaches, c'est beaucoup! dit Mia, les yeux grands ouverts. Les Jin doivent réellement avoir peur de notre empereur.

– Tout le monde craint la colère de Gengis Khān, répondit Yoni. C'est un homme cruel et sans pitié. Il sème la terreur partout où passe son armée.

– La Chine, c'est là où est mort papa? demanda naïvement la petite Yol.

Toute la petite famille, cachée dans l'herbe, ressentit un léger malaise. Sargö, le père de Darhan, était parti à la guerre il y avait de cela sept ans et il n'était pas revenu. Jamais Yoni n'avait accepté la disparition de son mari. Elle avait interdit à qui que ce soit d'affirmer qu'il était mort.

Elle prit sa fille dans ses bras.

– Qu'est-ce que tu racontes, petite fleur? Ton père n'est pas mort. Il reviendra bientôt.

Elle se leva et descendit la colline en direction de la yourte familiale tout en gardant Yol serrée contre elle. Elle se retourna et s'adressa à Mia qui était restée près de Darhan:

– C'est assez, Mia! Viens avec moi! Les hommes qui accompagnent ce troupeau sont des soldats mal élevés. Si jamais ils attrapent une petite fille dans les collines, ils voudront la faire cuire et la manger.

Mia, effrayée, se leva et alla rejoindre sa mère à toute vitesse.

***

Darhan resta encore un moment à observer le troupeau que menaient les soldats de l'armée de Gengis Khān. Il voyait rarement des soldats, si ce n'était à l'automne, à Karakorum, lors des migrations saisonnières. Il se souvenait aussi d'une fois où trois soldats complètement saouls étaient entrés sans crier gare dans la petite yourte familiale. Ils s'étaient mis à gueuler en renversant tout le ménage à coups de pied. Yoni avait immédiatement couché ses enfants en leur intimant de ne se lever sous aucun prétexte. Elle avait ensuite demandé aux trois hommes d'aller à l'extérieur. Ceux-ci avaient répondu qu'ils sortiraient volontiers à condition qu'on leur donne à manger. Yoni avait donc, ce jour-là, tué un agneau qu'elle avait fait cuire à la broche. Les hommes avaient mangé l'animal au complet et étaient partis sans demander leur reste. La jeune mère de famille n'avait même pas eu droit au moindre remerciement.

***

Darhan, sur la colline, se coucha à plat ventre dans l'herbe pour ne pas être vu. Tout près de lui, deux soldats, sur leurs montures, approchaient. Le garçon ne craignait pas d'être mangé, comme sa mère l'avait dit à Mia pour plaisanter. Mais il savait très bien que ces hommes n'étaient pas réputés pour leur gentillesse. S'ils l'avaient attrapé, ils lui auraient sûrement causé des ennuis en le taquinant ou, pire, en le battant.

À travers l'herbe, Darhan put distinguer deux hommes d'âge mûr au teint foncé. Ils avaient chacun de longues moustaches qui leur descendaient de chaque côté de la figure. Ils portaient une armure de cuir tressé, avec de la fourrure sur les épaules. Sur la tête, ils arboraient le célèbre casque mongol, propre aux armées du Grand Khān; fait de métal et orné de plumes ou de fourrure, celui-ci se terminait par une petite pointe en son centre. Tous ceux qui voyaient cette petite pointe sur la tête d'hommes au loin savaient d'instinct que leur vie était en danger. Les guerriers mongols étaient reconnus pour être féroces et impitoyables.

Darhan, à la vue des deux soldats, plongea dans ses souvenirs. Il revit son père, alors que lui-même n'était qu'un gamin d'à peine six ans. L'homme le prenait dans ses bras en le serrant très fort. Darhan se souvenait très bien de cette odeur particulière sur son armure de cuir.

– Prends soin de ta mère et de ta jeune sœur, lui avait dit son père avant de partir pour les guerres de Chine. Il faudra que tu sois

un garçon courageux pendant mon absence.
Je serai de retour après l'hiver, au printemps.
C'est promis.

L'homme n'était jamais revenu. Au printemps, Yoni accouchait seule de son troisième enfant : la petite Yol.

***

C'est ainsi que Darhan était devenu chef de famille, à un âge où les enfants devraient s'amuser sans souci. Aujourd'hui âgé de treize ans, il était un berger accompli, menant le troupeau de moutons mieux que quiconque sur la steppe.

Les deux hommes, préoccupés par leur bétail, passèrent leur chemin sans le voir. Ils étaient déjà loin lorsque Darhan sentit dans son cou un souffle chaud. En se retournant, il vit Gekko, son cheval. Celui-ci regardait son jeune maître en broutant du foin.

– Alors, mon ami ? dit Darhan, couché dans l'herbe. Tu as vu les moutons, ce matin ? Il y a eu des orages cette nuit. Ils se sont dispersés.

Il avait toujours semblé à Darhan que le cheval comprenait exactement chaque mot qu'il prononçait, comme si la bête était dotée d'une intelligence hors du commun.

Ses réponses, Gekko les donnait en clignant des yeux ou alors en piétinant légèrement le sol avec ses sabots avant. À cette question de Darhan, le cheval cligna une fois de l'œil. Le jeune paysan avait compris. En un instant, il fut sur le dos de l'animal qui partit au galop en dévalant la colline.

CHAPITRE 2

Le petit démon

Yoni et ses deux filles étaient descendues à la yourte familiale pour commencer leur journée de travail. On devait tondre les moutons et mettre la laine en ballots. L'automne approchait. Dans une semaine à peine commencerait la migration qui ferait descendre la famille vers le sud pour s'abriter des rigueurs de l'hiver. Chaque saison, tous se rendaient à Karakorum, la capitale de l'Empire mongol, pour vendre la laine au marché.

Dans la yourte, la petite Yol faisait les lits en secouant les lourdes couvertures de laine. Yoni, à l'extérieur, s'apprêtait à faire la lessive dans un large bac en bois. Mia était sur le toit de la yourte et y déposait pour le séchage des morceaux d'*aaroul*, une sorte de fromage très dur fait à partir de lait caillé.

C'est alors que toutes les trois furent surprises par un cri intense qui fit écho sur la plaine.

— Ya Gekko! Ya! Ya!

Yol sortit rapidement de la tente pour aller rejoindre sa mère et sa grande sœur. Elles virent, sur la haute colline, Darhan qui arrivait à toute allure, monté sur Gekko.

Le petit paysan, agrippé à son cheval, criait comme un dément, avec ses longs cheveux noirs qui battaient dans le vent.

Gekko galopait d'une manière si furieuse que de l'écume blanche lui sortait de la gueule. Derrière lui, sous la puissance de sa course, des mottes d'herbe s'élevaient dans les airs pour retomber plus loin.

– Ya! hurlait Darhan. Plus vite! Plus vite!

À la vitesse de l'éclair, Darhan et Gekko passèrent tout près de la yourte. Ils en firent plusieurs fois le tour, comme s'il s'agissait d'un carrousel.

– Darhan, pour l'amour du ciel! cria sa mère, cesse de faire courir ce cheval! Tu vas tuer cette pauvre bête!

– Ce n'est pas moi! C'est lui qui court comme ça! C'est lui qui veut courir!

Rien, en effet, n'aurait pu arrêter Gekko. Pour un cheval à l'effort, le sang que pompe un cœur généreux et qui irrigue le corps tout entier est une ivresse indescriptible. C'est pourquoi ces seigneurs des plaines se mettent à galoper à tout moment, comme pour se saouler de plaisir.

D'un léger coup de bride, Darhan fit tourner Gekko sur sa gauche et tous les deux partirent de plus belle en direction de la petite rivière.

Au loin, dispersés sur la plaine, on pouvait voir les moutons qui broutaient çà et là. D'un bond spectaculaire, le cheval sauta par-dessus la rivière et, en quelques instants, Darhan et sa monture avaient rejoint le troupeau.

– Mon frère est fou! dit Mia avec un brin d'admiration.

– En espérant qu'avec toutes ses extravagances il n'attire pas trop l'attention sur lui, répondit Yoni.

– Qu'est-ce que tu veux dire, maman?

– Je veux dire que certaines personnes pourraient être tentées d'engager dans l'armée un jeune garçon talentueux.

– Darhan n'ira jamais dans l'armée. Il doit rester avec nous pour garder les moutons.

– Ma fille, Gengis Khān ne demande jamais de permission. Lorsqu'il veut quelque chose, il le prend.

***

Darhan et Gekko rassemblèrent le troupeau de moutons en un rien de temps. C'était un exercice qu'ils répétaient ensemble depuis plusieurs années.

La première étape consistait à se placer là où les moutons ne devaient pas aller, afin de leur barrer la route. Les moutons sont têtus mais peureux. Gekko, qui connaissait la technique par cœur, s'installait devant eux et faisait de petits allers-retours très rapides en serrant toujours un peu plus sa course vers les moutons égarés. Ceux-ci, effrayés par l'allure imposante du cheval, cherchaient alors à s'éloigner. Ainsi, on arrivait, en les poussant toujours vers les autres, à leur faire prendre le chemin qu'on désirait. Et bientôt, le troupeau entier était rassemblé.

Si une bête était trop capricieuse et cherchait désespérément à s'éloigner, Darhan optait pour un moyen plus radical. Tous les bergers mongols possèdent un *ürga*, tout comme les éleveurs de chevaux ou de bovins. L'*ürga* est un grand bâton avec, à une extrémité, une corde en forme d'anneau. En tirant sur la corde à l'autre extrémité, on resserre l'anneau. Un animal qui refuse de coopérer est aussitôt attrapé par le paysan qui lui passe la corde de l'*ürga* au cou. Il tire ensuite sur celle-ci qui serre l'animal à la gorge. La bête n'a pas d'autre choix que de coopérer et de rejoindre le troupeau, sinon elle se retrouve vite étranglée.

Une fois le troupeau rassemblé et mené près de la rivière, Darhan prit un peu de repos.

Assis sur Gekko, il sentit l'air frais lui souffler sur le visage. Il ferma les yeux et sommeilla un peu.

Rien ne semblait vouloir perturber cette paisible journée. Le temps suivait son cours sur la steppe, comme à l'habitude. Mais le petit berger fut tiré de ses songes par une ombre qui passa au-dessus de sa tête.

– Ah non! s'exclama-t-il. Pas encore toi!

C'était la troisième fois depuis le début de l'été que Darhan avait affaire à cette étrange créature. Non pas qu'un aigle chapardant un mouton fût une chose exceptionnelle en soi. Les paysans avaient souvent affaire à ces prédateurs redoutables. Mais celui qui s'approchait maintenant avait ceci de particulier qu'il transportait un petit bonhomme sur son dos.

Il s'agissait d'un bonhomme haut comme trois pommes qui portait sur la tête un grand chapeau de fourrure. Il avait de longues moustaches blanches qui lui descendaient jusqu'aux genoux. Chaque fois qu'il apparaissait, il s'emparait d'un agneau à l'aide de son aigle qui saisissait le petit animal dans ses puissantes serres. Il s'en allait ensuite, sans demander son reste.

La première fois qu'il avait vu cette créature, Darhan avait été effrayé. La deuxième fois, il avait été choqué de se faire voler ainsi. Mais cette fois-ci, il était réellement en colère.

– Petit démon! hurla-t-il. Je ne te laisserai pas faire!

– Ha! ha! ha! fit le bonhomme pendant que l'aigle amorçait sa descente. Petit berger, la steppe m'appartient. Et tout ce qui s'y trouve est à moi!

– Tu ne perds rien pour attendre, sale créature!

En lançant Gekko au galop en direction de l'aigle, Darhan glissa une flèche dans son arc qu'il banda fortement.

– Tu vas voir ce que je fais aux voleurs, dit-il.

– Tu peux toujours parler, petit berger. Rien ne pourra m'empêcher de prendre mon repas!

L'aigle en chute libre rasa le sol, les pattes en avant et les serres grandes ouvertes. Il saisit au vol un petit agneau en enfonçant ses griffes puissantes dans sa chair. Il remonta ensuite difficilement en battant lourdement des ailes.

– Yahou! lança le petit démon qui jubilait. Miam! miam!

– Prends ça! cria Darhan de toutes ses forces.

Il décocha une flèche en direction du voleur. Mais, chose incroyable, il vit sa flèche partir tout droit puis, à quelques mètres de l'aigle, bifurquer sur la droite pour aller se planter dans le sol…

« Mais qu'est-ce qui se passe ? » se demanda le petit paysan qui pouvait habituellement toucher un lièvre à cent mètres.

Il tira une seconde flèche qui dévia vers la gauche.

« Mais c'est impossible ! se dit Darhan. C'est de la magie ! »

– Ha ! ha ! le nargua le petit bonhomme. Il ne sait pas tirer à l'arc ! Il ne sait pas tirer à l'arc !

– Sale démon ! tonna Darhan.

Il lança Gekko à la poursuite de l'aigle. Mais celui-ci était maintenant haut dans le ciel. Il disparut complètement à l'horizon.

Darhan serrait les dents de colère. Un autre agneau était perdu. Il retournait à la yourte piteusement lorsque tombèrent du ciel deux longues plumes d'aigle. Il les saisit au vol.

« Je lui aurai volé quelques plumes », songea-t-il en haussant les épaules.

Alors qu'il approchait de la yourte, le garçon vit sa mère qui l'attendait, le regard sévère. Il descendit de son cheval, la tête basse.

– Alors, mon fils, dit Yoni, ton père ne serait pas fier de toi !

– Mais, maman, ce n'est pas ma faute.

– Ce n'est pas ta faute, en effet. C'est la faute de l'aigle. Mais c'est ta faute si cet oiseau nous chaparde notre troisième agneau depuis le début de la saison. À ce rythme-là, il ne nous restera plus un seul mouton dans quelques années. Ça s'amuse à faire le guignol sur son cheval, mais quand vient le temps de faire son travail et de protéger les moutons…

– J'ai essayé…

– Oh oui ! j'ai vu tes flèches aller se planter n'importe où. On aurait dit un enfant de trois ans s'amusant avec un jouet.

– Mais…

– Je ne veux rien entendre ! File à l'intérieur, la soupe est prête.

Darhan alla rejoindre ses sœurs dans la yourte. Elles lui servirent pour déjeuner une crème de lait bouilli appelée *orhum*. Le garçon aurait bien aimé parler du petit génie monté sur l'aigle. Il était évident que sa mère n'avait rien remarqué. Mais il n'osa pas raconter une histoire aussi rocambolesque de peur que ses sœurs ne se moquent de lui et, surtout, que sa mère ne le réprimande de plus belle.

CHAPITRE 3

L'oncle Ürgo

L'automne approchait. Les feuilles des arbres dispersés dans la steppe commençaient à se colorer. Tout à côté de la yourte familiale, un feu brûlait et, sur une grille, une théière fumait paisiblement. Yoni était assise sur un tabouret de bois et filait de la laine de ses mains habiles. Maladroitement, la petite Yol répétait les gestes de sa mère. Un peu plus loin, derrière la tente, Mia et Darhan tondaient les moutons.

Chaque année, lorsque arrivait l'hiver, Darhan et sa famille rassemblaient leurs affaires. Ils démontaient la yourte et installaient le tout sur des brancards que tiraient les chevaux. Ils possédaient, outre Gekko, deux vieux chevaux. C'étaient de bonnes bêtes, mais fatiguées. Elles ne servaient plus qu'à faire le trait.

Toute la famille migrait ainsi pendant des semaines, s'en allant plus au sud pour atteindre les régions plus chaudes. Quand le vent de Sibérie soufflait sur la steppe mongole, le froid devenait si mordant qu'aucun animal, à part les yacks, ne pouvait survivre. Et encore, les hivers difficiles décimaient souvent les grands troupeaux.

Avant la migration hivernale, tous les paysans se retrouvaient dans la ville de Karakorum. On s'y rencontrait pour faire de bonnes affaires, afin que l'hiver soit le moins rigoureux possible. Chaque année, Yoni et ses enfants apportaient leur laine au marché. Roulée en ballots de différentes grosseurs, ils la vendaient aux tisserands, aux tailleurs et aux fabricants de tapis. Avec l'argent amassé, ils pouvaient acheter de la farine et des céréales pour passer l'hiver. Mais ils étaient pauvres, et leur troupeau de moutons, très petit. La laine se vendait peu cher sur les marchés de Karakorum. Et, chaque année, les hivers paraissaient durer une éternité.

– Il me semble qu'il y a moins de moutons à tondre cette année, dit Mia.

– Tais-toi, répondit Darhan qui n'appréciait pas l'humour de sa sœur.

– Qu'est-ce que t'as? Je disais ça comme ça, moi.

Darhan tenait fermement un mouton. Celui-ci bêlait et se débattait vigoureusement. Mais le petit paysan mongol était fort et il tenait l'animal solidement. Mia passait un long couteau très effilé sur le corps de la bête pour tondre la laine que sa mère filerait plus tard ou attacherait en ballots. Alors que tous achevaient les préparatifs en vue de la grande foire de Karakorum, le galop d'un cheval se fit entendre.

Ils cessèrent leurs activités. Sur la haute colline, ils virent un cavalier qui approchait. Les enfants reconnurent aussitôt l'oncle Ürgo, le frère de Yoni. C'était un homme malicieux, et sa venue n'augurait jamais rien de bon. Il semblait de bonne humeur, arborant un immense sourire. Il levait la main comme s'il était porteur de bonnes nouvelles. Mais son visage rouge et enflé trahissait un abus d'alcool. L'homme buvait trop.

– Bonjour, la petite famille, lança Ürgo en descendant difficilement de son cheval. Ça fait plaisir de vous voir.

L'homme tituba deux fois sur sa gauche, puis se ressaisit en y allant d'un petit rot.

– Ça fait plaisir de vous voir, répéta-t-il en s'essuyant la bouche.

– Ça nous fait plaisir de te voir, mon cher frère, dit Yoni sans quitter des yeux la laine qu'elle filait.

– Avez-vous vu, demanda l'oncle, le fantastique troupeau de bétail qu'ont envoyé les Jin ? Incroyable ! Je n'avais jamais vu une chose pareille. Si une fois dans ma vie on m'avait dit que je verrais un tel troupeau de bétail passer sous mon nez, je pense que je ne l'aurais pas cru. En effet, c'est une chose…

— Nous avons vu le troupeau, mon frère, l'interrompit Yoni. Tu n'ignores pas qu'il est passé dans la vallée, de l'autre côté de la colline ?

— Je sais, répondit Ürgo.

L'oncle s'avança vers le feu et s'assit sur un tabouret de bois. Yoni s'approcha à son tour et saisit la théière sur la grille. Elle versa du thé dans un petit bol qu'elle tendit à son frère. Après avoir tout avalé d'un seul trait, l'homme se racla la gorge et fixa sa sœur dans les yeux.

— Une grande guerre se prépare…

— Tais-toi !

— Mais c'est vrai, Yoni !

— Je ne veux pas l'entendre.

— Ton fils pourrait rapporter de l'argent à ta famille.

— Non, non et non !

— Mais alors, déclara Ürgo en prenant un air faussement dramatique, pourquoi ne viens-tu pas t'installer avec ma famille ? Ça fait cent fois que je te le demande. Toi et tes enfants auriez une vie plus facile.

– Notre vie est bonne, répliqua la mère de Darhan, sèchement. Nous ne manquons de rien. Tu sembles oublier que je suis une femme mariée et que ce serait déshonorant pour mon mari si j'allais vivre ailleurs.

– Mais ton mari est mort! s'écria l'oncle, exaspéré. Il est parti il y a sept ans et il n'est jamais revenu. Il est mort pendant les guerres de Chine. Il ne reviendra jamais.

– Mon mari est vivant, assura Yoni. Par deux fois, les oracles des chamans me l'ont confirmé.

L'oncle Ürgo leva les yeux au ciel, puis mit ses mains sur son visage.

– Mais comment peux-tu être si naïve, ma sœur? Les chamans te diront n'importe quoi pour avoir ton argent!

– Mon mari est vivant! répéta Yoni.

– Alors, fit Ürgo, chez qui la colère commençait à monter sous l'effet de l'alcool, si ton mari est vivant et s'il n'est pas revenu, c'est qu'il est un lâche et tu es couverte de honte!

Yoni, furieuse, se leva et poussa son frère de toutes ses forces. Celui-ci tomba du tabouret et alla s'écraser sur le sol.

– Mon frère, dit-elle en serrant les dents, tu es un ivrogne et j'ose espérer que ta langue a fourché contre ton gré à cause de cet alcool que tu ingurgites à longueur de journée. Sache que, si nous sommes couverts de honte, comme tu le dis, nous restons par contre fiers et fidèles. Mon mari n'est pas mort et il reviendra!

Ürgo épousseta ses vêtements d'un air faussement digne.

– Très bien, riposta-t-il, fais comme tu veux, ma sœur. Mais ne viens pas te plaindre si cet hiver est difficile et que vous n'avez rien à manger. Je t'aurai prévenue!

– Tu dis n'importe quoi, mon frère! s'exclama Yoni en ricanant. Sommes-nous une seule fois allés te voir pour te quémander quoi que ce soit? Jamais! J'ai bien l'impression que si quelqu'un a quelque chose à craindre de l'hiver, c'est toi. Tu bois trop!

– Silence! cria Ürgo.

Le visage de l'oncle s'était empourpré sous l'effet de la colère. Darhan se mit à rigoler et l'homme jeta à son filleul un regard mauvais.

– Prends garde, Yoni, dit Ürgo, ton fils est en âge de se battre. Une importante guerre se prépare contre l'empire des Perses. Gengis Khān réclame des guerriers.

Yoni était devenue blême. Elle se pencha et saisit la théière sur le feu. D'un geste puissant, elle jeta la théière de thé brûlant à la figure de son frère.

– Va-t'en! hurla-t-elle. Espèce de serpent tordu!

Ürgo reçut la théière en pleine figure. Mais il ne broncha pas. Il regarda sa sœur d'un air livide. Son visage était rougi par le liquide bouillant qui lui coulait dessus et une légère fumée enveloppait toute sa tête. Il se mordit la lèvre inférieure et un peu de sang apparut au coin de sa bouche.

– Très bien, ma sœur, fit-il, mais sache que je ne permettrai pas que l'on déshonore plus longtemps le nom de notre famille en laissant une femme vivre seule avec ses enfants !

Il sauta sur son cheval et disparut rapidement de l'autre côté de la colline, ne laissant derrière lui qu'un nuage de poussière.

***

La nuit était tombée depuis un moment déjà. La famille calmait ses esprits après le passage bouleversant de l'oncle Ürgo. Dans la voûte céleste, des myriades d'étoiles brillaient solennellement.

Yoni était assise près du feu avec Yol. Elle filait un restant de laine en chantant une chanson. Darhan s'était éloigné des flammes pour ne pas que la fumée nuise à sa vision. Il était en compagnie de Mia. Tous deux, couchés dans l'herbe fraîche, regardaient le ciel étoilé.

– Mille quatre cent trois, mille quatre cent quatre, dit Mia en pointant le ciel du doigt.

– Mais qu'est-ce que tu fais? lui demanda Darhan.

– Je compte les étoiles, répondit-elle.

– C'est idiot. On ne peut pas compter les étoiles.

– Et pourquoi?

– Parce qu'il y en a beaucoup trop.

– Trop, comment?

– Il y en a une infinité.

Mia regarda son frère d'un air étonné.

– Où vas-tu chercher ces mots-là, mon frère? Qu'est-ce que ça veut dire, «infinité»?

– Ça veut dire qu'il n'y a pas de début ni de fin. Tu ne peux pas compter les étoiles parce qu'il y en a une infinité. Même si tu passais toute ta vie à les compter, ce serait comme si tu n'avais jamais commencé tellement il y en a.

– Je ne comprends rien quand tu parles, soupira-t-elle. Où as-tu appris tout ça?

– Je ne sais pas, fit Darhan dont l'esprit s'enivrait chaque soir de la magnificence du ciel étoilé. J'y pense, c'est tout.

Dès que la nuit tombait, il aimait se coucher ainsi sur l'herbe et regarder la voûte céleste. Il pouvait rester des heures à contempler chaque étoile et à se demander qui ou quoi était là à le regarder. Chaque étoile, pensait-il, représentait une vie tout entière et, pour chaque homme, une étoile brillait. Quelle était la sienne? Depuis quelques nuits, il avait remarqué une étoile au nord qui semblait plus grosse que les autres et qu'il n'avait jamais remarquée auparavant. Elle avait commencé à briller cette première nuit où il avait caressé les plumes de l'aigle qu'il avait ramassées. Il avait été surpris et ensuite fasciné. Plus il agitait les plumes, plus elle brillait d'une lumière blanche et profonde…

– Il paraît, dit Darhan à sa sœur, que les dieux vivent dans les étoiles. Chaque fois que passe au-dessus de nos têtes une étoile filante, c'est que l'un d'eux vient d'atterrir sur terre et qu'il vient bouleverser le destin des hommes.

– Tu crois à ça, mon frère? demanda Mia.

– Oui, répondit-il en agitant les plumes de plus belle.

Pendant ce temps, près du feu, Yoni discutait avec Yol.

– Pourquoi, maman, lança la petite, nous n'allons pas vivre avec oncle Ürgo?

– Parce que nous sommes bien ensemble, ma chérie.

– Est-ce que c'est vrai que nous mangerions mieux avec notre oncle?

– Mais qu'est-ce qui te fait croire ça, ma fleur?

Yoni prit sa fille dans ses bras et la serra très fort.

– Ürgo est mon frère, mais il n'est pas gentil pour autant. Tu serais très malheureuse chez lui. Il n'en a rien à faire que nous mangions trois repas par jour et que nous soyons heureux. Tout ce qui l'intéresse, ce sont nos bras pour travailler et nos moutons pour s'enrichir…

Elle approcha sa bouche de l'oreille de Yol, et chuchota tout bas :

– Il faut être courageuse, mon enfant. Si nous allions vivre avec ton oncle, non seulement nous perdrions nos moutons, mais en plus Darhan ne pourrait plus être chef de famille, et la mémoire de ton père serait perdue à jamais.

Yol dormait maintenant. Yoni l'enveloppa dans une couverture et la serra encore plus fort sur son cœur.

– Nous ne laisserons jamais une chose pareille arriver, murmura-t-elle, n'est-ce pas, ma fille ?

Yoni regarda son fils chéri qui, sur l'herbe, tout près, parlait à voix basse avec Mia. Elle trouva que Darhan ressemblait à son père, Sargö, avec cette manie de toujours regarder les étoiles. Elle sourit à ce feu qui lui réchauffait le visage et les pieds. Soudainement, elle se sentit tout à fait calme. En portant son regard vers le ciel, elle vit une étoile filante.

Chapitre 4

La grande foire de Karakorum

Darhan se réveilla, le corps endolori. Voilà une semaine que la famille avait quitté le campement estival pour se rendre à la foire de Karakorum. La veille, le petit paysan avait monté la yourte dans la plaine, près de la ville, en hissant seul la structure de bois. Il avait tendu les toiles de feutre blanchies. Il s'était couché, épuisé. Il fut étonné de se réveiller seul et, surtout, de ne pas avoir entendu sa mère et ses sœurs se lever pour aller au marché.

« Quel berger je fais ! pensa-t-il. On pourrait me chiper mes moutons pendant la nuit que je n'entendrais rien. »

Il sortit en grignotant un morceau d'*aaroul* que sa mère avait laissé pour lui.

À l'extérieur, il put constater la magnificence de Karakorum, la capitale de l'Empire mongol. La ville se déployait dans la vallée tout près du grand fleuve Orkhon. En son centre, on pouvait distinguer le palais de l'empereur Gengis Khān. Fait de bois sculpté dans ses moindres détails, il était surmonté de nombreux pavillons aux couleurs vives, représentant chacune des tribus réunies pour former la grande nation mongole.

Darhan fut saisi par le spectacle des milliers de yourtes tout autour de la ville. Pour la foire automnale, une centaine de milliers d'âmes pouvaient affluer dans la capitale. Les paysans venaient tous, avant l'hiver, vendre les produits de leurs récoltes. La steppe était alors envahie par une multitude de tentes blanches et circulaires, comme si un troupeau de moutons géants s'était installé là pour un temps.

– Que de monde! dit-il à Gekko venu le rejoindre. J'espère que maman et les filles n'auront pas d'ennuis.

***

Yoni était partie tôt le matin avec ses deux filles pour être sûre de trouver une bonne place à la foire. Elle s'était installée près des teinturiers, sachant qu'il y passerait de nombreux amateurs d'étoffes, et que ceux-ci seraient sans doute intéressés par la laine.

– Aujourd'hui, il y aura beaucoup de monde, avait-elle dit à ses deux filles. Il faudra être attentives.

Une fois les ballots de laine déballés et déposés sur une couverture, elles s'assirent toutes les trois en attendant les clients. Ceux-ci ne tardèrent pas à arriver, et bientôt ce fut une telle cohue que Yoni ne sut plus où donner de la tête. Il y avait tellement de monde sur la place du marché qu'il fallait bousculer les autres pour se déplacer.

C'est alors que la petite Yol vit quelque chose qui échappa aux yeux de tous. Entre les jambes d'un client évaluant la marchandise, une main se glissa et tenta de s'emparer d'un ballot.

– Au voleur! cria l'enfant.

D'un vigoureux coup de bâton, Yoni frappa la main qui lâcha sa prise. Un garçon à la chevelure étrange leva la tête, l'air surpris. Il s'enfuit aussitôt en courant. Mia partit à sa poursuite et une course folle s'engagea sur la place du marché.

– Reviens, voleur! hurla Mia.

– Laisse-moi tranquille! répondit le garçon qui courait toujours. Tu ne me rattraperas jamais!

Il connaissait la ville comme le fond de sa poche et avait l'habitude de courir dans la foule. Ce n'était pas la première fois qu'il se faisait poursuivre ainsi. Pour Mia, il n'était pas facile d'éviter les étalages des marchands et de se faufiler entre les gens, elle qui avait l'habitude des vastes espaces. Elle courait de toutes ses forces, du mieux que le lui permettaient ses petites jambes.

Après avoir couru un moment, le jeune garçon s'arrêta pour reprendre son souffle, pensant avoir semé sa poursuivante. C'est à ce moment que Mia surgit derrière lui et le plaqua violemment au sol. Il se retrouva le visage dans la boue.

— Ho! s'exclama-t-il en se relevant, couvert de boue. Espèce de folle! C'est quoi, ton problème?

— Voleur! tonna-t-elle.

— Je n'ai rien pris.

— Voleur quand même. Tu as essayé!

Le garçon essuya son visage. Il avait la peau foncée comme tous les garçons du pays, mais, chose étrange, il avait des cheveux légèrement bouclés et d'une couleur plus pâle, presque blonds.

— Qu'est-ce qu'ils ont, tes cheveux? demanda Mia.

— Et toi, qu'est-ce qu'ils ont, les tiens? répondit le garçon.

Mia prit ses longs cheveux noirs et tira dessus en sortant la langue.

— Ils sont normaux, mes cheveux. Les tiens, ils sont jaunes comme le cheval de mon oncle.

– Espèce de petite chipie !

Le garçon saisit Mia par les poignets, lui fit faire un tour sur elle-même, puis la lâcha. Elle tomba à son tour la tête la première dans la boue.

– Ha ! ha ! ha ! fit l'autre, hilare.

– Sale voleur ! fulmina Mia. Tu vas me payer ça !

– Et qu'est-ce que tu vas faire ?

Une forme inquiétante apparut derrière le garçon. C'était un garde de la ville. Il saisit le garçon par les cheveux.

– Vous me faites mal, cria le petit voleur. Lâchez-moi !

– Ça fait un bout de temps que je t'ai à l'œil, garnement, dit le garde.

L'homme était immense. Il avait un front saillant sous lequel s'enfonçaient deux yeux noirs globuleux. Ce n'était pas la première fois qu'il avait affaire à ce jeune voleur.

– Non seulement on est un voleur, mais en plus on bouscule les filles. Je devrais te couper les deux bras. Comme ça, les marchands de Karakorum pourraient dormir en paix.

– Je n'ai rien fait. Je n'ai rien fait !

– Ah ! tu n'as rien fait ? On va demander à la jeune fille si tu n'as rien fait. Est-ce vrai, mademoiselle ?

L'homme regarda Mia avec ses gros yeux. Elle savait que les voleurs étaient traités durement et qu'on allait même jusqu'à les tuer...

– On faisait rien que jouer, monsieur le garde, répondit-elle.

– Jouer? répéta l'homme, l'air surpris.

Il lâcha le garçon et s'approcha de Mia.

– C'est très mal élevé, petite paysanne, de jouer dans la boue.

– C'est un accident.

– Ce sont les porcs qui vous apprennent à vivre comme ça, à la campagne? dit-il en s'approchant un peu plus.

Mia crut bien que l'homme allait lui mettre une claque et elle ferma les yeux. Mais celui-ci passa son chemin et disparut rapidement dans la foule du marché.

Soulagée, elle rouvrit les yeux et chercha du regard le jeune garçon. Elle le vit qui s'enfuyait entre deux étals de légumes. Elle avait à peine fait trois pas pour le rejoindre qu'elle se heurta contre le ventre proéminent d'un homme dégageant une forte odeur d'alcool. En relevant la tête, elle reconnut son oncle Ürgo.

– Mia! Ma filleule! fit l'homme qui avait de la difficulté à se tenir debout.

– Je dois partir, s'excusa-t-elle.

Mia voulut déguerpir, mais Ürgo la retint par le bras. Malgré ses efforts, elle ne parvint pas à se libérer de la poigne de son oncle. Découragée, elle cria à pleins poumons au garçon :

— Hé ! comment tu t'appelles ?

Le garçon interrompit sa course et se retourna. Il avait un immense sourire sur la figure.

— Subaï ! cria-t-il à son tour. Toi, tu t'appelles comment ?

— Moi, c'est Mia !

La foule du marché se referma dans un déplacement de masse et le garçon disparut parmi les étalages. Mia sauta sur place tant qu'elle put. Elle n'arrivait plus à le voir. Ürgo serra davantage son petit bras.

— Espèce de mal élevée ! Tu es couverte de boue et tu harangues les garçons en pleine rue comme une traînée !

— Laisse-moi ! clama-t-elle.

— C'est ta mère qui t'élève comme ça ? demanda-t-il en la secouant. J'ai toujours su que ma sœur était une incapable. C'est moi qui devrais vous éduquer, pas elle ! C'est moi, le vrai chef de famille, le seul qui soit capable de vous donner une véritable éducation !

En se débattant, Mia réussit à échapper à l'étreinte de son oncle. Elle s'enfuit en courant.

– Quelle éducation? cria-t-elle. Celle d'un fou!

– Petite sotte!

Ürgo voulut rattraper sa filleule, mais dut y renoncer. Il avait passé la journée à boire de l'alcool et avait du mal à se déplacer. Il s'arrêta et regarda la petite qui s'en allait agilement en sautant entre les gens, comme l'aurait fait un lièvre dans la plaine.

« C'est ça, petite, pesta l'homme, les dents serrées. Va rejoindre ta mère. Aujourd'hui, les choses vont changer. Aujourd'hui, c'est Ürgo qui va rigoler. Vous allez voir ce que je vais en faire de votre beau Darhan adoré. Dans quelque temps, vous laverez mes pieds puants avec de l'eau claire en disant: "Merci, cher oncle." »

CHAPITRE 5

La trahison

Darhan avait passé la journée dans les champs, près de la ville. Malgré les courants d'air froid qui descendaient du nord, la journée avait été belle et le soleil avait brillé de tous ses feux. Monté sur Gekko, le jeune garçon avait trouvé la garde des moutons particulièrement agréable. Il avait rencontré plusieurs paysans qui s'en allaient à la foire et il avait eu de nombreuses discussions avec eux. Ils avaient parlé du temps et des bonnes affaires, mais surtout de la guerre qui se préparait contre les Perses et de l'inquiétude que cela faisait naître chez le peuple.

— Un jour, les Mongols paieront cher pour l'attitude de Gengis Khān, avait déclaré un paysan.

— Les Perses sont des traîtres, avait assuré un autre. Ils ont ce qu'ils méritent!

— Gengis Khān a fait de nous un peuple fier! avait ajouté un homme d'un certain âge.

– Des barbares, avait ajouté une femme qui passait. Tous des barbares!

Darhan avait écouté ces discussions avec intérêt, lui qui ne connaissait pas la guerre ni ses enjeux.

Vers le milieu de l'après-midi, il avait capturé deux magnifiques lièvres en les transperçant de ses flèches.

«Voilà! s'était-il dit. Je sais encore tirer à l'arc.»

Le souvenir amer de ses flèches piquant du nez face au petit démon ne l'avait pas quitté.

Alors que la journée était bien avancée, Darhan fit un feu près de la yourte. Il dépiauta les lièvres, les nettoya, puis les enfila sur une broche. Il avait hâte que sa mère et ses sœurs reviennent. Sûrement éreintées par leur journée au marché, elles apprécieraient le repas qu'il était en train de préparer. Lorsqu'il entendit le galop de chevaux sur la plaine, il se retourna vivement. Mais sa déception fut vive lorsqu'il vit les quatre cavaliers qui venaient vers lui au galop en laissant derrière eux un épais nuage de poussière.

Trois d'entre eux arboraient les couleurs des armées de Gengis Khān. Celui qui chevauchait en avant tenait haut un fanion rouge auquel étaient accrochées deux queues de cheval. Les trois hommes portaient un ample vêtement long et marron, recouvert sur le buste d'une armure de cuir tressé et de métal. Ils avaient sur la tête le casque de fer propre aux soldats de l'Empire. Darhan distingua, sur leur dos, de grands arcs. Sur le côté, de longues épées s'agitaient au rythme du galop des chevaux. Dans leur main, ils tenaient chacun une lance imposante, l'arme de prédilection des Mongols en combat monté. Alors que les chevaux approchaient, le jeune garçon reconnut le quatrième cavalier : c'était son oncle Ürgo.

Arrivés tout près, ils stoppèrent leurs montures et l'un des trois soldats descendit d'un seul bond. Il marcha rapidement vers Darhan et le regarda avec ses petits yeux noirs perçants comme ceux d'un rapace. Puis il sourit de satisfaction. Il prit ensuite le menton du petit paysan entre ses mains et le secoua vigoureusement.

– Ürgo, tu ne nous avais pas menti ! dit-il. Ce garçon est parfait pour la guerre ! Voilà ta récompense, délateur !

Le soldat lança à Ürgo un petit sac contenant quelques pièces de métal. Celui-ci, tel un avare, s'empressa de le mettre dans sa poche. Darhan regarda son oncle avec un regard méprisant.

– Tu m'as vendu pour quelques pièces, mon oncle !

Le visage d'Ürgo s'empourpra. Il lança un regard haineux à son filleul.

– Tu vas quitter ta famille. Tu vas aller à la guerre comme ton père et tu mourras tout comme lui.

Darhan serra les dents. Il fut tenté d'abattre son oncle froidement avec son arc, mais il craignait trop la réaction des soldats. Le chef éleva la voix :

– Darhan, fils de Sargö et de Yoni, mon nom est Ogankù, sergent dans les armées de Gengis Khān. Par un décret émis par l'empereur, tout homme de plus de quatorze ans sur l'ensemble de son territoire doit être enrôlé pour la guerre contre le traître, Mohammed Shah.

– Je ne peux pas vous suivre, répondit Darhan sans quitter son oncle des yeux. J'ai une famille dont je dois m'occuper.

– C'est la loi qui m'oblige à t'engager, mon garçon, déclara le soldat en baissant la voix. Si tu ne nous suis pas, je devrai te mettre aux arrêts et tu iras en prison.

– Votre décret stipule qu'un garçon doit avoir plus de quatorze ans et j'en ai treize.

– Ton oncle affirme que tu as quatorze ans, dit le soldat. Et selon moi, avec cette paire d'épaules et ces mains rudes qui tiennent fermement cet arc, tu as plus de quinze ans.

– Mon oncle est un menteur! lança Darhan, les mâchoires serrées.

– Ce n'est pas mon problème, répliqua le sergent Ogankù.

Darhan fixait toujours son oncle. Celui-ci avait trahi bassement sa mère en le vendant, lui, son fils. Il avait même menti sur son âge pour l'envoyer à la guerre. Il pouvait maintenant mettre la main sur le troupeau de moutons et sur toute sa famille.

– Je refuse de me battre! s'écria le garçon. Je suis un paysan, pas un guerrier.

– Alors, tu iras aux travaux forcés, fit le soldat. Et crois-moi, il est plus doux de mourir sur les champs de bataille que dans les entrailles des mines de fer du lac Baïkal.

Darhan eut envie de s'enfuir. Il n'aurait eu qu'à siffler Gekko et jamais les chevaux des militaires n'auraient pu le rattraper. Mais c'était peine perdue. Le décret était annoncé à la grandeur du royaume et ce serait un déshonneur de ne pas suivre les ordres du Grand Khān. Sa famille en serait punie sévèrement.

– C'est ton cheval? demanda l'homme en pointant Gekko du doigt.

– Oui.

– Amène-le avec toi. Il te sera utile. Les bons cavaliers sont mieux payés que les fantassins qui doivent se battre à pied et qui sont les premiers à être massacrés. Les Perses ont des machines de guerre terribles qui peuvent écraser vingt hommes à la fois !

Les trois soldats se mirent à rire comme s'il s'agissait d'une bonne blague. Darhan, découragé, entra dans la yourte pour prendre ses affaires. Il en ressortit quelques minutes plus tard, un bagage à la main. Il s'approcha de Gekko, l'air résigné, lorsqu'un galop de cheval se fit entendre au loin. C'étaient Yoni, Mia et Yol qui arrivaient aussi vite qu'elles le pouvaient sur la vieille jument épuisée.

– Darhan ! hurlait Yoni. Darhan !

La jument à peine arrêtée, la jeune mère sauta par terre et se jeta immédiatement à genoux devant le sergent. Elle joignit ses deux mains et implora l'homme :

– Je vous en prie, dit-elle en sanglotant, ne prenez pas mon fils ! Il est notre seul espoir de survie. Si vous le prenez, nous allons tout perdre et nous serons des esclaves !

– Je suis désolé, madame, le décret est le décret et je ne peux rien y faire. Je fais mon travail.

Yoni se leva et s'élança férocement sur son frère, monté à cheval. Elle le frappa de violents coups de poing dans les jambes.

– Tu es un traître ! Un traître !

Elle lui cracha dessus. Ürgo sauta en bas de sa monture et empoigna Yoni par les cheveux. Avec la force de ses deux bras, il la fit mettre à genoux.

– Petite tigresse! Maintenant que tu as perdu ton fils, tu vas m'obéir! Je suis le maître de notre famille et tu me dois le respect!

Ürgo poussa alors un cri épouvantable qui résonna dans la plaine. Il lâcha les cheveux de sa sœur Yoni, et tomba par terre en se tenant la jambe droite. Une flèche venait de se planter violemment dans son mollet. En relevant la tête, il vit Darhan qui le tenait en joue avec son arc.

Le garçon venait de tirer une première flèche dans la jambe de son oncle. S'il devait en lancer une seconde, elle lui serait fatale.

– Tu lâches ma mère, espèce de crapule! tonna Darhan. Sinon, même si je dois être condamné à mort par les lois du Grand Khān, je t'enfonce cette flèche dans la gorge.

Ürgo gémit de douleur en se tenant la jambe.

– Sergent! cria-t-il péniblement. Pourquoi laisses-tu faire ce démon?

– Darhan est maintenant membre de ma compagnie, répondit le sergent Ogankù avec un sourire malin. S'il faut qu'un de mes soldats protège l'honneur de sa mère, je dois l'encourager. Et s'il faut qu'il te coupe en morceaux parce que tu es un vaurien, je ne peux rien y faire non plus !

Le sergent sauta sur sa monture. Il fit signe à ses hommes de le suivre. Ils partirent tous les trois au galop.

Darhan monta sur Gekko en regardant sa mère et ses sœurs qui pleuraient.

– Soyez courageuses, dit-il. Je reviendrai.

Il posa ensuite sur son oncle un regard froid comme de la glace.

– Tu as compris, mon oncle ? Je reviendrai. Je reprendrai mes moutons et ma vie d'avant. Si, par malheur, j'apprends que tu as maltraité ma mère ou mes sœurs, je te couperai la tête.

Sans ajouter un mot, Darhan fit un signe à Gekko qui partit au galop. Il se dirigea vers Karakorum et rejoignit rapidement les trois soldats. Le ciel était rouge sang d'un soleil à peine couché derrière les montagnes. Le petit paysan sentit son cœur se durcir comme jamais. Il était déterminé à faire cette guerre, à survivre, et à revenir auprès des siens.

CHAPITRE 6

Le Tugiin

À plus d'une heure de Karakorum, sur la steppe qui s'étendait à l'ouest, il y avait un immense camp de guerre. Des centaines de baraques de bois ainsi que des milliers de yourtes étaient installées dans un ordre militaire au creux d'un vallon. C'est là qu'étaient réunies les armées de Gengis Khān pour les préparatifs de guerre. Des milliers d'hommes s'y entraînaient au pied d'une ancienne forteresse tatare datant de plus de trois siècles. Celle-ci était faite de grosses pierres recouvertes de boue durcie qui lui donnait un aspect brun, presque rouge. De la tour de garde, sur laquelle flottait un immense drapeau aux armoiries mongoles, on pouvait voir tant Karakorum que les monts de l'Altaï s'élevant au sud-ouest. Par-delà ces montagnes s'étendait l'immense Empire perse Khwarezm de Transoxiane, sur lequel régnait Mohammed Shah.

Sur la haute tour, un homme regardait au loin les montagnes aux pics enneigés. C'était un homme âgé au visage dur. Il avait de petits yeux plissés, presque fermés, ainsi qu'une moustache blanche très fournie qui descendait très bas sur son visage. Cet homme avait combattu aux côtés de Gengis Khān et lui avait été fidèle depuis le tout début de l'Empire. Un jour que l'empereur avait été blessé au cou par une flèche empoisonnée, il avait sucé la plaie pour en extraire le poison. Depuis ce temps, c'était à la vie à la mort entre lui et le Grand Khān. Son nom était Djebe. Chef de la tribu des Qonjirat, il avait été mandaté par l'empereur pour rassembler les armées qui allaient faire la guerre contre les Perses.

Un homme arriva par le vieil escalier de pierre de la tour de garde. Il s'approcha du vieux chef en faisant une révérence. C'était le sergent Ogankù.

— Nous attendons d'autres troupes, ô maître Djebe?

— Oui, sergent, répondit le vieux maître. Les Tangut vont nous envoyer plus de vingt-cinq mille hommes.

Le royaume tangut bordait l'Empire mongol, au sud du désert de Gobi. Descendant des anciens Tatars, les Tangut étaient un peuple de nomades qui avaient toujours su garder les Mongols en échec. Gengis Khān avait maintes fois affronté cet étrange royaume du désert, massacrant tout sur son passage pour le voir, chaque fois, renaître curieusement de ses cendres, comme par enchantement. Et plutôt que de laisser son armée s'épuiser dans les dunes de sable et sous le soleil brûlant, le Grand Khān avait poursuivi ses nombreuses conquêtes jusqu'à l'Indus en le contournant par le Tibet.

Plusieurs traités liaient le royaume tangut et l'Empire mongol, dont un de défense mutuelle contre un royaume chinois du sud, le puissant royaume Song. C'est ainsi que, pour sa guerre contre les Perses, Gengis Khān avait invoqué le traité d'aide mutuelle afin que les seigneurs tangut lui envoient des soldats. Pour ne pas attiser la colère du Grand Khān, dont l'Empire devenait de plus en plus puissant d'année en année, ceux-ci avaient accepté, même si cette guerre contre Mohammed Shah ne les concernait pas.

— L'émissaire de l'empereur est allé régler les dernières formalités, poursuivit Djebe. Dans quelques semaines, nous serons en route pour Samarkand.

— Nous serons plus de cent mille hommes, mon maître. Cela suffira-t-il?

— Cela suffira amplement. Quatre Perses ne valent pas un cavalier mongol! Que je sois damné si Mohammed Shah a réuni plus de quatre cent mille hommes! Non, Ogankù, ce qui m'inquiète avant tout, c'est la saison d'automne qui tourne court, et cet hiver qui semble vouloir s'installer à tout prix. Si la neige venait à tomber plus tôt qu'à l'ordinaire, nous aurions de la difficulté à nous déplacer et nous arriverions épuisés devant les portes de Samarkand. Nous pourrions le payer cher.

Le sergent fit une nouvelle révérence, puis tourna les talons. Il s'apprêtait à descendre l'escalier lorsque Djebe l'interpella:

– Un instant, sergent! Avant de vous retirer, dites-moi: comment va-t-il?

– Il devient meilleur chaque jour, ô mon maître. Son évolution est fulgurante. Il peut, au galop, toucher une cible en plein centre, à plus de cent mètres!

– Cent mètres! C'est impressionnant!

– Et, au corps à corps, il a terrassé deux de mes meilleurs soldats.

– Simultanément?

– Oui, mon maître. C'est incroyable.

– Il est si jeune. Et comment s'appelle-t-il, déjà?

– Darhan, fils de Sargö.

– Sargö…, dit le vieux maître, l'air songeur. J'ai déjà entendu ce nom, mais je ne me rappelle plus quand… Je vais rencontrer notre jeune prodige cet après-midi.

– Bien, mon maître.

Le sergent s'inclina de nouveau et s'en alla. Maître Djebe resta sur la tour à observer, tout en bas, sur la plaine, les exercices des soldats. Des dizaines de milliers d'hommes s'entraînaient à perte de vue. Certains simulaient des combats à l'épée ou à la lance; d'autres faisaient du tir à l'arc; d'autres encore mettaient à l'épreuve leurs chevaux. Le vieux soldat n'eut aucune difficulté à repérer un garçon de treize ans à travers la multitude des hommes. C'était Darhan. Monté sur Gekko, il filait à toute vitesse vers l'horizon en laissant derrière lui les autres cavaliers.

***

Darhan s'amusait ferme pendant son entraînement. Après avoir fait connaissance avec ses compagnons d'armes, il avait mis de côté sa rancœur et se trouvait chanceux d'être tombé sur des hommes justes qui avaient à cœur le devoir plutôt que la fourberie. Il avait constaté avec soulagement que tous les hommes n'étaient pas des lâches et des menteurs comme son oncle Ürgo. Il était fier de porter l'armure de l'armée de Gengis Khān et il voulait devenir un valeureux soldat. S'il avait pu le voir s'entraîner ainsi, terrassant chacun de ses adversaires, son père aurait été fier de lui.

Chevauchant Gekko, le garçon fonçait sur la plaine, les yeux illuminés par l'ivresse du galop.

– Ya Gekko! criait-il. Ya! Ya!

Et Gekko forçait l'allure de plus belle.

Telle une flèche, il fendait l'air sous le soleil éclatant de la steppe. L'herbe verdoyante s'étendait à l'infini. Loin derrière, plusieurs dizaines de cavaliers tentaient de maintenir le rythme qu'imposait le jeune destrier. Aucun d'eux n'était capable de le rattraper. Gekko était trop rapide.

Après avoir semé ses adversaires, Darhan tira sur la bride du cheval. L'animal ralentit sa course, mais rua à plusieurs reprises de manière violente, comme si ses muscles puissants étaient hors de contrôle. D'immenses frissons parcouraient le corps de la bête qui hennit fortement en laissant échapper de longs filets de bave sur le sol. Mais Darhan tint bon et força Gekko à se calmer.

– Ho! Gekko, ho! Nous allons encore courir, dit-il en lui caressant vigoureusement la crinière. Ne t'en fais pas, mon ami, la steppe sera toujours à nous. Nous avons semé tous nos poursuivants.

Au creux d'une petite vallée, près d'un ruisseau parsemé de rochers, le jeune guerrier avait trouvé l'objet de cette folle chevauchée à travers la plaine : un petit drapeau au bout d'un bâton.

Le jeu de Tugiin faisait partie intégrante de l'entraînement des guerriers mongols. Ce qui faisait avant tout de l'armée de Gengis Khān une machine de guerre si redoutable, c'était la capacité de ses guerriers à combattre sur leurs chevaux. Ces cavaliers sans peur semaient la panique partout où ils passaient. Une horde mongole déferlant sur la steppe était un spectacle aussi fascinant qu'effrayant. Ces hommes savaient se battre à cheval, manger à cheval et, surtout, dormir à cheval. Ainsi, ils pouvaient parcourir d'infranchissables distances en un temps record. L'armée de Gengis Khān fut la plus mobile de tous les temps. En quelques jours, c'était un pays entier qui était envahi, et tous les fronts d'une armée qui étaient attaqués.

Le Tugiin consistait à retrouver un drapeau qu'un émissaire avait planté quelque part sur la steppe. Il fallait ensuite le ramener au camp d'entraînement. Si la première partie du jeu était essentiellement une épreuve de vitesse, la deuxième était basée sur la force et l'agilité. Car, une fois le cavalier le plus rapide en possession du drapeau, tous les autres se lançaient à sa poursuite. Les poursuivants pouvaient faire n'importe quoi pour s'emparer du drapeau, sauf se servir de leurs armes. Il n'était pas rare de voir un cavalier s'élancer de son cheval pour sauter sur le dos du porteur de drapeau. Certains s'étaient ainsi brisé le cou pour ne plus jamais se relever.

Le jeu de Tugiin permettait de révéler le meilleur cavalier d'entre tous. Un sujet d'orgueil pour tout guerrier qui se respectait.

– Le drapeau! cria Darhan en apercevant le bout de tissu.

Il se retourna pour évaluer la distance qui le séparait de ses adversaires. Il avait plusieurs minutes devant lui. Il fit un signe à Gekko qui commença à descendre prudemment le bord escarpé de la petite rivière. Il fallait être extrêmement prudent. Rondes et polies par les eaux, les pierres étaient très glissantes. Si Gekko se cassait une patte, le jeu était perdu.

La descente fut ardue pour le cheval qui atteignit tout de même la rivière. Après quelques bonds agiles dans l'eau, Darhan n'eut qu'à se pencher pour saisir le fanion. Il le leva bien haut, fier d'avoir trouvé avant les autres l'objet de toutes les convoitises. Mais sa joie fut de courte durée: cette descente dans la petite vallée pierreuse l'avait considérablement ralenti et il entendit le galop de ses poursuivants qui l'avaient rattrapé.

Le garçon vit, tout en haut de l'escarpement, plusieurs chevaux qui se positionnaient sur le bord du gouffre. Leurs cavaliers le regardaient d'un air menaçant. Ils ne le laisseraient pas passer aisément entre eux, et encore moins ramener le drapeau et gagner le jeu.

Gekko fit quelques pas dans la rivière pendant que Darhan analysait calmement la situation.

– Gekko, mon ami, nous sommes pris en souricière dans ce trou d'eau. Il faut trouver une solution.

Le cheval se mit à trotter dans les eaux peu profondes de la rivière et avança d'une dizaine de pas. Quelques-uns des poursuivants descendirent l'escarpement pour essayer de les rattraper dans la rivière. Mais d'autres choisirent tout simplement de longer la rive et d'attendre que Darhan et Gekko en sortent. Ces hommes croyaient ainsi pouvoir s'emparer facilement du drapeau.

– Nous sommes cuits! dit Darhan. Ils n'auront qu'à cueillir le drapeau comme un fruit mûr.

Gekko força le pas et se mit à galoper à pleine vitesse dans l'eau de la rivière. Derrière l'animal s'élevait un nuage d'écume blanche. Les gouttes d'eau, fouettées par le galop du cheval, tourbillonnaient dans les airs, créant mille arcs-en-ciel dans la lumière du soleil.

Les cavaliers qui avaient atteint le cours d'eau se lancèrent à leur poursuite. Ils avaient de bonnes bêtes, mais pas aussi puissantes que Gekko. Plusieurs d'entre eux n'eurent d'autre choix que d'interrompre leur course dans le fond de la rivière. Darhan ne fut nullement inquiété.

Ce qui préoccupait avant tout le petit guerrier, c'étaient les cavaliers restés en haut, sur la rive. Ils le suivaient en galopant tranquillement sur l'herbe, en attendant qu'il se jette dans leur piège comme l'aurait fait un rat. C'est alors que Darhan eut une idée. Le projet lui paraissait difficile, même impossible à réaliser, mais c'était la seule solution qui se présentait à lui, et s'il arrivait à la mettre en pratique, il avait peut-être une chance de s'en sortir.

Il fit bifurquer Gekko non pas sur la droite, comme s'il avait voulu retourner au campement, mais plutôt sur la gauche pour monter sur la rive opposée. Le cheval, qui semblait avoir compris le stratagème de son maître, se mit à escalader la pente raide aussi vite que le lui permettaient ses pattes puissantes. De lourdes pierres roulèrent derrière, certaines plongeant dans la rivière.

Une fois en haut, Gekko tourna rapidement et se mit à galoper à toute allure en sens
inverse. Les hommes dans la rivière furent
complètement déconcertés. Ils tentèrent de
suivre Gekko sur la pente escarpée, mais
durent renoncer. Et bientôt, leurs chevaux
fourbus les abandonnèrent.

Les cavaliers sur l'autre rive furent tout
aussi étonnés par cette manœuvre. Ils firent
promptement volte-face et partirent au galop
pour essayer de suivre Darhan qui filait
comme un éclair de l'autre côté.

– Qu'est-ce qu'il fait ? cria l'un d'eux.

– Il veut passer par l'autre côté, répondit
un autre.

– Mais c'est impossible ! ajouta un
troisième.

Darhan avait imaginé un plan audacieux.
Il allait tenter de distancer les cavaliers sur
l'autre rive. Une fois qu'il aurait pris une
bonne longueur d'avance, il traverserait la
rivière à un endroit favorable. Avec un peu de
chance, il arriverait de l'autre côté avant ses
poursuivants.

La vitesse de Gekko était phénoménale et
les cavaliers sur l'autre rive furent bientôt
semés. Au loin, un pic rocheux s'élevait
au-dessus de la rivière. Celle-ci se rétrécissait
en formant un petit ravin sur une dizaine de

mètres. Tout en bas, de gros bouillons signalaient la présence d'un rapide.

Le plan était extrêmement dangereux, mais les deux compagnons, homme et cheval, s'entendaient parfaitement sur la chose à faire. Une fois à bonne distance, Gekko entra quelque peu dans les terres pour se donner un élan. Il bifurqua ensuite vers la rivière. En forçant le galop comme jamais, il atteignit une pointe de vitesse incroyable. Juste au bord du ravin, il sauta dans les airs puissamment en hennissant. Darhan, sur son dos, s'agrippa solidement d'une main et, de l'autre, brandit le drapeau de Tugiin sous le regard médusé de ses poursuivants.

Cependant, même si l'élan qu'avait pris Gekko était phénoménal, la distance qui séparait les deux rives était trop importante. Ils franchirent la rivière aisément, mais ne parvinrent pas à atteindre l'autre côté du petit ravin. Ils durent se résigner à atterrir sur la pente rocheuse, juste en face.

– Accroche-toi, mon ami! cria Darhan en serrant les dents. Ça va faire mal!

Gekko alla s'écraser lourdement contre la pierre. Darhan passa par-dessus sa monture et se retrouva la figure contre les cailloux. Il commença à débouler l'escarpement, mais se rattrapa vite en enfonçant ses mains dans le sol. Il sentit ses ongles se retourner sur plusieurs de ses doigts et il dut se mordre les lèvres jusqu'au sang pour ne pas hurler de douleur. Reprenant rapidement ses esprits, sachant que le temps lui était compté, il remonta la pente pour rejoindre Gekko.

Le cheval était sur le flanc et se débattait pour tenter de se relever. Darhan saisit alors sa bride et tira de toutes ses forces. Enhardi par la présence de son maître, l'animal commença à grimper.

Ils arrivèrent péniblement sur le plat et furent soulagés lorsqu'ils touchèrent enfin l'herbe de la plaine. Darhan avait des éraflures terribles sur les mains et sur le visage. Gekko, lui, s'était fait de vilaines coupures sur le flanc gauche, et du sang noirci par le sable laissait deviner une très mauvaise blessure. Sentant la présence des autres cavaliers tout près, Darhan sauta sur le dos du cheval. Mais il dut péniblement se rendre à l'évidence : le stratagème n'avait pas fonctionné. Ils avaient été rattrapés par trois cavaliers qui fonçaient maintenant sur eux.

Le premier des cavaliers fut facilement évité par Gekko qui fit deux pas sur le côté. L'homme, filant à vive allure sur son cheval, ne put faire autrement que de passer tout droit. Le deuxième, par contre, arrivait plus lentement et fut en mesure de stopper son cheval à la hauteur de Gekko. D'une main, il prit Darhan par un bras et, de l'autre, il saisit le drapeau.

Le petit guerrier était habile et astucieux, mais il n'avait pas la force d'un homme. Celui qui venait de le saisir était costaud et avait fait plusieurs fois la guerre. En serrant puissamment le bras de Darhan, il le tordit presque jusqu'à un point de rupture.

– Arrgh! cria Darhan sous la douleur.

– Petite peste! tonna l'homme. Tu es rapide, mais c'est Günshar qui va gagner!

Darhan commença à penser que c'était peine perdue. Il n'avait pas la force de lutter contre un adversaire si coriace.

Il sentit qu'il allait lâcher le drapeau lorsque le troisième cavalier, resté en retrait, s'avança pour s'en emparer à son tour. Mais celui-ci força trop l'allure de son cheval et il ne put éviter Günshar et sa monture. Il y eut un impact entre les deux bêtes, et les deux hommes tombèrent sur le sol en s'emportant mutuellement. Darhan, toujours en selle, fut surpris de constater qu'il tenait encore dans sa main l'étendard de la victoire.

Tout de suite, le petit guerrier lança Gekko à toute vitesse. Il sut que la partie était gagnée maintenant que son cheval pouvait galoper à fond de train sur la plaine. Plus personne ne pourrait les rattraper. Quelques malins, restés derrière, tentèrent de les intercepter. Mais Gekko courait si vite qu'ils ne purent que les regarder passer sans rien tenter.

Ses cheveux flottant dans le vent, Darhan regardait les gros nuages blancs qui décou-paient le ciel bleu. Il avait le cœur léger, enivré par le sentiment de la victoire. Il avait certes mal partout et son cheval était mal en point, mais, dans sa main droite, il tenait fermement le drapeau. Il arriva quelques minutes plus tard au camp d'entraînement où les soldats atten-daient l'issue de la partie. Il fut accueilli par une foule en liesse sous les cris et les battements de tambours. Il venait de réaliser un exploit incroyable. Un jeune garçon de treize ans avait battu les plus redoutables champions de Tugiin de tout l'Empire.

CHAPITRE 7

Le fils de l'empereur

Un homme s'avança parmi tous ceux qui applaudissaient l'exploit de Darhan. Ceux-ci, en le voyant, lui firent place en exécutant de longues révérences. Et bientôt, ce furent les battements des tambours qui cessèrent en guise de témoignage de respect. On n'entendit plus un son dans l'immense camp. Darhan comprit alors qu'un homme important venait vers lui. Il descendit de Gekko et s'agenouilla sur le sol.

– Relève-toi, jeune homme, dit l'homme.

– Maître Djebe, c'est un honneur! répondit Darhan.

– C'est un honneur pour l'armée mongole d'avoir un champion tel que toi!

Darhan s'inclina encore plus bas. Il avait entendu parler du vieux guerrier. Plusieurs personnes lui avaient raconté des histoires sur le fameux bras droit de Gengis Khān. Certaines le décrivaient comme un homme dur et cruel qui pouvait brûler une ville entière sur un seul coup de tête. Pour d'autres, par contre, c'était un homme loyal, fin stratège de guerre, sachant reconnaître la valeur des hommes.

– Tu es impressionnant, déclara le vieil homme. Je n'ai jamais vu un jeune garçon réussir de telles prouesses.

– Vous êtes trop bon, lança Darhan en baissant la tête de nouveau.

– Quel est ton métier?

– Je suis berger.

– Berger! fit le maître, étonné. Il faudra que tous nos hommes se mettent à la garde des moutons!

Les soldats se mirent à rire très fort. Quelqu'un apporta une peau de loup que Djebe prit dans ses mains et qu'il caressa un moment en regardant Darhan.

– Tu la porteras sur tes épaules. Ainsi, tous ceux qui te croiseront sauront qu'ils ont affaire à un champion de Tugiin, et te témoigneront le respect auquel tu as droit.

Darhan s'inclina encore légèrement avant d'accepter le présent. Il mit la peau sur ses épaules et l'attacha à l'aide d'un cordon de cuir. La fourrure descendait le long de son dos jusqu'à toucher le sol tant il était petit. Son regard croisa celui de Günshar, l'homme qui avait voulu lui enlever le drapeau plus tôt sur la steppe. Darhan pencha la tête en signe de respect, mais Günshar fit une grimace, puis cracha par terre en tournant les talons.

À ce moment même, on entendit du grabuge au loin. À travers la foule, Darhan put distinguer plusieurs cavaliers qui avançaient rapidement en bousculant ceux qui étaient sur leur passage. Ces hommes constituaient la garde personnelle de l'empereur. Ils portaient des fanions bleus ornés d'un faucon blanc, annonçant les couleurs de la tribu des Qiyat, celle-là même qui avait vu naître Gengis Khān. Sur leurs fanions, neuf queues de chevaux étaient attachées. Personne dans l'Empire ne pouvait en afficher autant sous peine de mort.

– Place! Place! criait le premier des cavaliers. Place à Dötchi, fils de l'empereur!

Darhan, resté près de maître Djebe et d'Ogankù, entendit le vieil homme s'adresser à son sergent:

– Pour qui se prend-il, celui-là?

– Je ne peux me prononcer, répondit Ogankù.

– Eh bien, moi, je peux le dire: ce jeune prétentieux, qui n'a jamais combattu sur un champ de bataille de toute sa vie, se présente ici en conquérant!

– Il a conquis des terres au sud.

– Foutaises! s'exclama Djebe. Il est resté à trembler dans sa tente pendant que ses généraux et colonels menaient la bataille. Si son père le voyait arriver ainsi, il lui mettrait son pied au derrière !

— Mais Gengis Khān n'est pas là. Et, en attendant, c'est à vous de l'accueillir.

— Très juste, sergent. Heureusement que vous êtes là pour me rappeler les convenances.

Le vieux maître avança droit au-devant des cavaliers. Ceux-ci écartèrent leurs montures pour faire place à un homme de haute stature et élancé qui avait l'air plutôt jeune.

Il portait une armure flamboyante, faite de cuir et de métal richement orné. Elle n'avait visiblement jamais servi, faisant plutôt office de parure pour les parades et les cérémonies.

Le prince avait un visage mince et très allongé, à la peau très pâle. Sa bouche était fine, et ses lèvres, toujours humectées, étaient d'un rouge sang désagréable. Sur ses longs cheveux délicatement brossés étaient attachées de longues plumes d'aigle, comme celles que portait celui qui avait vaincu plusieurs ennemis d'importance. Dötchi parla d'une voix nasillarde en postillonnant :

— Bonjour Djebe, général des armées de Gengis Khān, mon père.

— Bonjour, ô dauphin de l'Empire, répondit le général. Soyez le bienvenu au camp d'entraînement. Qu'est-ce qui vous amène ainsi ?

Le prince descendit de sa monture et s'avança vers Djebe. Il se présenta face au maître la tête haute, le visage arrogant. Dötchi s'attendait à ce que le vieil homme s'incline devant lui comme l'aurait fait n'importe quel sujet, ce que Djebe ne fit pas, se contentant de dévisager le jeune homme avec l'air le plus sérieux du monde.

– Ce qui m'amène ainsi? dit le prince en se mordant la lèvre inférieure pour ravaler l'affront que venait de lui faire Djebe au vu et au su de tous. Mon père veut que je vous accompagne à la guerre contre les Perses. J'ai pensé qu'un entraînement me serait utile. Bien que je sois avant tout un stratège et un commandant, je crois qu'il n'est pas une mauvaise chose que je me perfectionne dans l'art du combat, n'est-ce pas?

– Bien sûr, fit Djebe.

Le jeune prince sortit du fourreau qu'il portait à la taille une longue épée très fine.

– C'est une épée coréenne que vous tenez là, mon prince, lança le vieux général.

– En effet, approuva le jeune prétentieux. C'est mon oncle qui me l'a offerte au retour d'une campagne en Extrême-Orient. Je la trouve mal équilibrée. Qu'en pensez-vous?

Il la tendit d'une main à Djebe qui la fit tenir en équilibre sur un seul doigt. Le général empoigna ensuite le manche et caressa vigoureusement la lame.

— Au contraire, répliqua-t-il. Les anciens forgerons coréens avaient un savoir-faire qui dépasse celui des meilleurs Mongols. Je trouve votre épée parfaite en force et en équilibre.

Le jeune prince arracha l'épée des mains de Djebe et la rangea rapidement dans son fourreau.

— Bon, puisque j'ai une bonne épée, déclara-t-il en pinçant ses petites lèvres rouges, quand commence mon entraînement?

— Les guerriers s'entraînent très peu avec leur épée, sauf pour les exercices de maniement et d'équilibre. Sinon nous partirions à la guerre avec une bande d'estropiés.

Il tendit au jeune prince un long bâton noir avec, au bout, plusieurs lanières de cuir.

— Quand vous frappez votre adversaire, les lanières claquent contre son corps et vous marquez un point. C'est un jeu qui sert à l'entraînement de nos guerriers.

— Intéressant, dit le prince. Et contre qui me battrai-je?

— Choisissez vous-même. Mes hommes sont à votre service.

Le fils de Gengis Khān regarda autour de lui. De nombreux guerriers se tenaient là, mais chacun détourna le regard. La pire chose qui pouvait arriver à ces hommes était de devoir affronter le jeune prince arrogant. Ils seraient alors obligés de perdre pour faire honneur au dauphin de l'Empire et, de surcroît, auraient l'air ridicule. Pire encore, ils pourraient faire un faux mouvement et le blesser. Ils n'osaient même pas imaginer ce qui leur serait alors réservé. Dötchi avait une réputation sulfureuse, qui le faisait passer pour un homme mauvais, vivant seul dans les caves sombres du palais de l'empereur.

Mais il était avant tout un peureux et, en dévisageant tous les guerriers qui l'entouraient, il fut quelque peu intimidé. Ces hommes au regard sombre, aux mains épaisses et à la peau sillonnée de cicatrices lui donnaient la frousse. C'est pourquoi, lorsqu'il vit Darhan qui, du haut de ses treize ans, n'avait pas l'air trop menaçant, son regard s'illumina. Il s'était trouvé un adversaire.

– Ce jeune homme, c'est un guerrier ou un palefrenier?

– C'est un guerrier, répondit le vieux maître.

– Alors, je peux l'affronter? demanda le dauphin.

Plusieurs hommes levèrent le doigt pour attirer l'attention du prince et lui dire que ce n'était peut-être pas la meilleure des idées. Mais Djebe leva la main de manière autoritaire et personne ne parla.

— Mais bien sûr, mon prince, dit le général.

Il tendit à Darhan un bâton avec des lanières de cuir.

Les hommes reculèrent et formèrent un cercle autour de Dötchi et de Darhan. Le sol était boueux et glissant; une catastrophe s'annonçait.

Darhan connaissait très peu les codes hiérarchiques régissant un empire. Il était donc fier d'avoir été choisi par le prince. Il avait été élevé sur la steppe avec les moutons et ses deux jeunes sœurs. Pour un garçon tel que lui, tout n'était qu'un jeu. L'important, avant tout, c'était de gagner.

Alors que le prince se préparait pour le combat, Darhan fit tourner le bâton deux fois au-dessus de sa tête. Il le manipula d'une seule main, avec maîtrise, avant de le placer devant ses yeux, qu'il plissa comme ceux d'un félin.

Ogankù se pencha discrètement vers l'oreille de son maître.

— Peut-être faites-vous une erreur en laissant le prince de toutes les tribus se battre contre le jeune prodige...

— Peut-être, murmura Djebe. Mais j'en prends l'entière responsabilité.

– Pour Darhan aussi, j'espère, ajouta le sergent.

Djebe fit un signe aux deux protagonistes qui aussitôt commencèrent la joute. Le prince Dötchi s'avança vers son adversaire et tenta de le frapper avec son bâton. Il eut un élan si mou et si malhabile que Darhan n'eut qu'à se déplacer sur sa droite pour éviter la mauvaise charge.

Le dauphin perdit pied et dut mettre un genou à terre pour ne pas mordre la poussière. Il se redressa en poussant un grognement strident, comme l'aurait fait un jeune porcelet. Il tenta de nouveau une charge, cette fois mieux contrôlée mais trop lente, droit au corps, forçant Darhan à engager le combat.

Le petit guerrier bloqua le bâton de Dötchi avec le sien. L'impact fut si fort que le prince, en encaissant le coup, dut lâcher son arme. Darhan, emporté par le combat et le désir de vaincre, tourna sur lui-même et fit un croc-en-jambe au prince qui tomba la face dans la boue. Puis, pour marquer des points, ainsi que le voulait le jeu, le garçon fit claquer les petites lanières de cuir sur le derrière du dauphin de l'Empire.

Un lourd silence plana sur tous ceux qui assistaient à cette scène. Plus personne ne parlait. Certains se frottaient les yeux comme s'ils venaient d'assister à quelque chose d'impossible, un mirage ou un autre phénomène fantastique.

Un cheval et son cavalier bousculèrent Darhan et allèrent se placer devant lui. C'était le chef de la garde personnelle de Dötchi. Assis sur sa monture et tenant une grande lance, il avait le visage empourpré par la colère.

En regardant les autres gardes, Darhan vit qu'ils le tenaient en joue avec leurs arcs.

– Jeune homme, dit le chef de la garde d'une voix sinistre, tu es aux arrêts pour manquement aux devoirs d'un soldat envers un membre de la royauté. Tu seras tué immédiatement et sans jugement. Et je jure qu'au nom de l'empereur…

– Non, cria une voix nasillarde derrière le garde. Non, non et non!

C'était le prince qui s'était relevé. Sa belle armure était couverte de boue. Sa figure aussi. Et ses longs cheveux, si délicatement brossés, étaient maintenant entremêlés par l'eau et la terre.

– Non, capitaine! répéta le jeune prince. Pas du tout, pas du tout! Ce n'est pas du tout comme ça que les choses vont se passer!

Le prince contourna le cheval du capitaine, puis marcha vers Djebe.

– Ce n'est pas comme ça que les choses vont se passer, n'est-ce pas, Djebe? Nous ne mettrons pas ce jeune homme aux arrêts. Car ce petit paysan, ce petit sauvage de la steppe, n'avait aucune idée de ce qu'il faisait, n'est-ce pas, Djebe? maugréa le prince avec du fiel dans la gorge.

Il s'approcha à quelques centimètres du visage du vieil homme.

— Vous oubliez une chose, vieillard, cracha le dauphin. Vous oubliez que, de toute façon, je serai l'empereur et que, de toute façon, vous serez mon sujet! Et si vous croyez que vous serez mort bien avant, vous pouvez compter sur moi pour faire souffrir votre descendance. Jusqu'au dernier, ils paieront pour votre insolence!

Djebe ne dit pas un mot et ravala sa salive. L'homme avait une femme, plusieurs enfants et de nombreux petits-enfants. Il n'osait pas imaginer ce qui pourrait arriver à sa famille si Dötchi, le sombre héritier, montait sur le trône.

Le prince resta un moment à regarder avec satisfaction les gouttes de sueur qui perlaient sur le visage de Djebe. Il monta ensuite sur son cheval et s'adressa à Darhan:

— Je vois, jeune homme, que tu aimes bien t'amuser. Tu es un drôle! Nous allons nous revoir, tu peux en être sûr. Tu verras que, moi aussi, j'aime beaucoup m'amuser!

Le fils de l'empereur partit au galop sur sa monture, suivi de sa garde prétorienne.

Darhan jeta un coup d'œil autour de lui et vit tous les hommes qui s'en allaient sans le regarder. Il vit Djebe et Ogankù s'éloigner d'un pas lent. Le petit paysan de la steppe se sentit défaillir et dut mettre un genou au sol pour ne pas tomber. Par sa stupidité et son orgueil naïf, il avait déshonoré un prince. Il se voyait maintenant tombé en disgrâce.

CHAPITRE 8

La mission

À l'heure du repas, tous les guerriers se rendaient à la place centrale où plusieurs marmites étaient montées sur des feux crépitants. On y faisait mijoter du mouton. Les hommes se régalaient de la viande ainsi préparée, sachant très bien que, dans quelques semaines, une fois partis à la guerre, ils allaient devoir se contenter de leur ration quotidienne faite de céréales dures et de viande séchée.

Après avoir pris sa gamelle, Darhan voulut s'asseoir près d'un feu parmi d'autres soldats. Ces derniers se levèrent sans dire un mot et s'éloignèrent de lui. Aucun d'eux ne voulait avoir le moindre contact avec celui qui avait déshonoré le dauphin de l'Empire, fils de Gengis Khān. Être vu en compagnie de Darhan pouvait signifier, pour eux aussi, la disgrâce, et même la mort. Aucun ne savait jusqu'où le prince pouvait aller dans ses maléfices et personne n'avait envie de le savoir.

Découragé, Darhan laissa sa gamelle par terre et quitta le campement pour aller marcher dans la plaine.

***

La nuit était tombée. Dans le ciel se levait une lune timide qui semblait hésiter derrière les montagnes. Un mince filet de lumière éclairait la plaine, et Darhan avançait en regardant le sol à ses pieds. Les longues tiges d'herbe humectées par la rosée trempaient ses vêtements. Il fut parcouru de frissons.

«L'hiver approche, se dit-il. Bientôt, la neige.»

Il pensa à sa mère et à ses sœurs qui devaient se reposer de leur longue et dure journée de travail. Ou, pire encore, Ürgo les faisait peut-être travailler comme des esclaves jusqu'à tard dans la nuit…

Au loin, le garçon vit comme une ombre qui approchait au galop. C'était Gekko. Ses poils luisaient sous les rayons de la lune, lui donnant l'air d'un spectre. L'animal s'avança jusqu'à son maître. De la fumée lui sortait par les naseaux, son souffle chaud se condensant au contact de l'air frais.

Darhan caressa la crinière de son fidèle compagnon qui vint coller son corps contre celui de son maître.

– Qu'est-ce que je fais ici, mon ami? Devrai-je aller mourir sur un champ de bataille pour des raisons que j'ignore? Pour régler des problèmes qui ne me concernent pas? Une fois mort, à quoi vais-je servir? À rien. Sinon que mes sœurs et ma mère pourront me pleurer jusqu'à la fin de leurs jours.

Il se serra très fort contre le corps chaud de l'animal. Dans le ciel, il regarda les milliers d'étoiles qui brillaient intensément et qui s'étiraient dans toutes les directions de la voûte céleste en formant des tracés aussi beaux qu'infinis. En touchant les plumes de l'aigle qu'il portait à sa ceinture, il reconnut encore cette étoile, au nord, qui semblait plus brillante et plus grosse d'une fois à l'autre…

« Étrange, se dit-il à lui-même. Elle semble grossir chaque jour. Qu'est-ce que ça signifie? On dirait qu'elle me fait des signes, mais je ne comprends pas. Ma mère m'a déjà raconté que les chevaux savent lire dans les étoiles. »

– Parfois, j'aimerais que tu saches parler, ajouta-t-il pour Gekko, et que tu me dises quoi faire.

Les oreilles de Gekko s'agitèrent et se tendirent vers une direction précise, tout juste derrière lui. En se retournant, Darhan vit une silhouette qui avançait avec un ample capuchon sur la tête. Il fut effrayé. Il pensa qu'il s'agissait peut-être d'un assassin envoyé par le prince. Il fut tenté de monter sur Gekko et de s'enfuir, mais il se ravisa. Cette démarche, il la reconnaissait. C'était celle du sergent Ogankù.

– Tu dois être très prudent, maintenant, déclara Ogankù en dévoilant son visage. Tu t'es fait un puissant ennemi.

– Alors je dois m'exiler et partir, répondit Darhan. Je dois retourner auprès de ma mère et de mes sœurs.

– Je crois sincèrement qu'il vaut mieux pour toi que le prince ignore que tu as une famille.

– Alors, quoi faire ? Je ne vais pas rester ici en sachant qu'on peut m'assassiner à tout moment !

– Tout n'est pas perdu. Tu t'es fait un ennemi hors du commun, certes. Mais tu as aussi un ami très puissant. Djebe veut te rencontrer, ce soir, à minuit. Tu te présenteras au baraquement principal, de l'autre côté du camp. À la droite de celui-ci, tu verras une petite porte avec un seul garde. Il te demandera : « Qui va là ? » Tu répondras : « Le loup répond à l'appel de son maître. » Il te laissera passer.

Darhan considéra un moment Ogankù. Ce sergent de l'armée pouvait être en train de lui tendre un piège. Djebe l'avait bien envoyé au combat contre le prince en sachant très bien qu'il y aurait du dégât. Mais c'était ce même Ogankù qui n'était pas intervenu lorsqu'il avait enfoncé une flèche dans la jambe de son oncle.

– J'y serai, finit par dire Darhan.

– Très bien, approuva Ogankù. C'est la meilleure chose à faire. Pour ne pas éveiller les soupçons, passe la soirée dans le camp. Longe les murs et ne parle à personne. Veille surtout à ne jamais laisser ton dos trop longtemps à découvert. Si quelqu'un t'offre quelque chose à boire ou à manger, refuse.

Darhan acquiesça d'un signe de la tête aux recommandations d'Ogankù. L'homme lui tendit une épée avec une lame très courte et très épaisse. Il lui dit de la cacher sous ses vêtements. Elle pourrait lui être utile, vu les circonstances…

– Maintenant, fit le sergent, je vais partir. Ne me suis surtout pas. Et ne me parle plus.

Le garçon hocha de nouveau la tête. Il regarda le sergent s'en retourner à pied, puis disparaître dans l'ombre de la nuit. Il sentit le souffle chaud de Gekko dans son cou.

***

Darhan rentra au camp où il passa le reste de la soirée. Il s'assit, le dos appuyé contre une palissade de bois, pas très loin d'un feu autour duquel s'activaient des cuisiniers, des palefreniers et des esclaves. Ceux-ci ne s'occupèrent pas de lui, ignorant qui il était. Un peu avant minuit, le jeune guerrier quitta son petit refuge pour se diriger vers la baraque principale, siège du conseil de guerre de maître Djebe.

Il marcha longuement à travers l'immense camp mongol. De nombreux feux brûlaient près des centaines de yourtes et de baraques en bois. Darhan avançait d'un pas sûr comme celui d'un homme qui sait où il va. Mais il évitait que son visage ne soit éclairé par la lumière, préférant se retourner chaque fois qu'il passait devant un feu, pour ne pas être reconnu. Il angoissa à plusieurs reprises en voyant quelqu'un s'approcher de lui. Heureusement, l'homme passait toujours son chemin. Et Darhan continuait sa route en soupirant.

Après cette marche qui dura une bonne vingtaine de minutes, il vit un grand bâtiment. C'était le quartier général de Djebe.

Il s'agissait d'une vaste baraque carrée, faite de bois et de pierre. Une énorme porte, sculptée de deux chevaux aux allures de dragons, dominait le bâtiment d'une manière disproportionnée, comme pour intimider celui qui devait la passer. Au-dessus de cette porte, des drapeaux aux différentes couleurs des tribus flottaient dans le vent de la nuit.

Darhan remarqua, sur le côté droit, une petite porte devant laquelle se tenait un seul garde, comme l'avait indiqué Ogankù. Il s'assura que personne ne l'observait. Lorsque les derniers passants se furent éloignés, il alla rapidement au-devant du garde.

C'était un homme petit et grassouillet. Sur sa tête s'enfonçait jusqu'aux yeux un casque surmonté de cornes de yack. De ce casque s'échappaient de longs cheveux qui cascadaient sur ses épaules pour se terminer en bas des fesses. Cet étrange bonhomme était monté sur de courtes jambes, mais avait des bras immenses et très longs qui lui arrivaient presque aux genoux. Darhan devina que ce garde personnel de maître Djebe devait être un adversaire redoutable.

— Qui va là ? lança le petit gros.

— Le loup répond à l'appel de son maître, s'empressa de dire Darhan.

— Très bien, fit l'étrange bonhomme avec un large sourire.

Il fit un pas sur la gauche, et le jeune guerrier put entrer dans la baraque en poussant fortement une porte de bois à l'ouverture si petite qu'un homme ne pouvait y passer qu'en se glissant de côté.

Cette porte donnait directement accès au quartier général de maître Djebe. Il y avait là sa chambre à coucher ainsi qu'un endroit pour travailler et manger en paix. Ces deux pièces adjacentes étaient séparées par une cloison de bois fin. De l'autre côté, Darhan entendait la voix de Djebe qui semblait discuter de choses importantes avec des chefs de tribus.

– Le prince combattra avec nous? dit l'un d'eux.

– Oui, répondit Djebe. C'est la demande expresse de l'empereur. Il veut voir son fils sur le champ de bataille, à ses côtés.

– Tu crois pouvoir faire un homme de ce tordu? demanda un autre.

– Ne parle pas comme ça, répliqua Djebe. Dötchi est le fils de l'empereur.

Darhan fut soulagé d'entendre cette discussion. Il semblait qu'il n'était pas le seul ennemi du prince…

– Ça n'a aucun sens que ce fils illégitime devienne notre maître à la mort de Gengis Khān! tonna un homme. Les tribus vont se révolter et l'Empire se scinder!

– Nous en sommes loin encore! déclara Djebe en levant la voix de manière autoritaire. Gengis Khān n'est pas mort! Tiens ta langue,

Thoura le Kereyit, ajouta-t-il. Les murs ont des oreilles. Et si ce que tu viens de dire venait aux oreilles de Dötchi, nous entrerions dans des intrigues qui dureraient une éternité. Personne n'a intérêt à ce que l'Empire soit scindé. Nous retournerions cent ans en arrière, à cette époque où vos ancêtres étaient de pauvres paysans s'entretuant dans des guerres fratricides en peinant à faire pousser la moindre céréale dans des champs de pierres.

Le vieux général baissa la voix :

— Pour ceux qui ne le sauraient pas, j'ai entendu dire que Gengis Khān avait fait rappeler son benjamin, Ögödei, des royaumes de l'Indus. J'ai l'impression qu'une vilaine surprise se prépare pour Dötchi.

— L'empereur pourrait déshériter son fils, suggéra quelqu'un.

— Silence ! fit Djebe en élevant la voix de nouveau. Je ne veux plus en entendre parler. Concentrons-nous sur notre travail. Nous devons rester unis devant notre ennemi commun : les Perses.

Les hommes discutèrent de longues minutes encore.

Darhan s'était assis sur une peau de yack étendue par terre. Dans un plat, tout près, il y avait des morceaux de viande séchée. Lui qui n'avait toujours pas mangé depuis sa mésaventure avec le prince sentit son ventre se mettre à gargouiller. Il se servit donc. Il mâcha hardiment la viande de mouton séchée. Il mangea si bien qu'il ne s'aperçut pas qu'on avait cessé de parler de l'autre côté et que Djebe se tenait maintenant près de lui et l'observait…

— Bon appétit, lança le général en fronçant les sourcils.

— Je suis désolé, répondit Darhan en s'agenouillant. J'avais faim.

L'homme sourit en faisant signe que ça n'avait aucune importance. Il versa dans un gobelet de bois un alcool blanc, obtenu par la distillation de l'eau de riz. Darhan resta par terre et regarda le vieux maître s'asseoir dans un fauteuil recouvert d'une peau de mouton renversée.

— Voilà qui me fera le plus grand bien, assura Djebe en avalant l'alcool. Une bouteille que j'ai ramenée de Chine il y a quelques années!… Après cette journée chargée en émotions…

— Je suis désolé de ce qui s'est passé aujourd'hui, dit Darhan.

— Tu n'as pas à t'excuser. Tout est ma faute. Je pensais que tu allais jouer le jeu du prince, pas que tu allais le renverser de cette manière! Sincèrement, et ceci doit rester entre toi et moi, jamais je n'aurais cru voir de toute ma vie un tel empoté !

Le vieil homme se mit à rire très fort en se tapant sur les cuisses tout en décrivant le prince avec la figure pleine de boue. Darhan ne put faire autrement que d'esquisser un sourire embarrassé. Il n'avait pas le cœur à rire.

Après s'être calmé, Djebe sortit de sa botte droite un rouleau de parchemin. Il le tendit à Darhan. Lorsque le jeune guerrier voulut l'ouvrir, le maître leva la main pour l'en empêcher.

– Ce document est marqué par un sceau. Si tu le brises, il n'aura plus aucune valeur.

Darhan rangea soigneusement le document sous ses vêtements, tout près de l'épée que lui avait remise Ogankù.

– Que dois-je faire avec ceci, mon maître ? demanda-t-il.

– J'ai l'impression de t'avoir mis dans le pétrin. Et j'ai bien peur que le prince ne s'en prenne à toi. Plusieurs hommes à sa solde rôdent dans le camp, et je ne donne pas cher de ta vie. Le prince est un être peureux et malhonnête. Ce serait tout à fait son genre de vouloir te faire disparaître. C'est pourquoi il faudrait que tu te fasses oublier pendant quelque temps. Nous ne partirons pas en guerre avant deux semaines. Il serait bon pour toi de quitter le camp et de revenir juste avant le début de la campagne.

Djebe se pencha vers lui et se mit à chuchoter. Darhan s'avança à genoux un peu plus près.

– Tu porteras ce document à la prison de Karakorum. Tu le donneras à Luong Shar. C'est un vieil ami à moi. Il me doit beaucoup et il n'aime pas du tout le prince. Il te confiera la charge d'un convoi devant emmener des prisonniers aux mines du lac Baïkal. C'est un voyage qui devrait avoir les allures d'une promenade de plusieurs jours. Quand tu reviendras, nous devrions être prêts à partir pour la guerre.

Darhan serra contre lui le document que venait de lui donner maître Djebe.

– Pars cette nuit et assure-toi de ne pas être suivi.

Le garçon se leva aussitôt et quitta le quartier général. Il sortit furtivement du camp et alla rejoindre au pas de course Gekko dans la plaine. Le cheval galopa plus d'une heure sous les pâles rayons de la lune. Dans la fraîcheur de la nuit, Darhan rabattit sur ses épaules la peau de loup qu'il avait gagnée au jeu de Tugiin. Étrangement, elle le réchauffa peu. Il en fut quitte pour de nombreux frissons qui le firent claquer des dents.

CHAPITRE 9

La prison de Karakorum

Lorsque Darhan arriva à Karakorum, les premiers rayons du soleil donnaient au ciel une couleur indigo se reflétant dans les eaux tranquilles du fleuve Orkhon. Il y avait peu de nuages et une belle journée s'annonçait sur la steppe mongole. Les centaines de yourtes qu'on avait montées là, il y a quelques semaines, avaient toutes disparu. La période du marché terminée, les nomades étaient partis vers le sud pour se préparer à affronter les rigueurs de l'hiver.

Darhan pensa à sa mère et à ses sœurs qui devaient maintenant être installées tout près du désert, au pied de la montagne qui les protégerait du vent mordant. La chaleur qui remontait du sud laissait peu de place à la neige et permettait aux moutons de continuer à brouter l'herbe drue. Mais l'hiver demeurait difficile. Il fallait s'accrocher durement et travailler très fort pour éviter de mourir de faim ou de froid. Et maintenant, sous l'égide de l'oncle Ürgo, la vie devait être un enfer pour Yoni, Mia et la petite Yol.

En entrant dans la ville de Karakorum et en s'approchant de la place du marché, Darhan ne put s'empêcher de serrer les dents.

« Je reviendrai, mon oncle, se redit-il à lui-même. Je reviendrai. »

L'idée de son retour près des siens était un leitmotiv qui n'avait pas quitté le jeune paysan depuis son départ. Chaque fois qu'il faisait un bon coup, il sentait plus proche le jour qui le ramènerait près de sa famille. Par contre, des épisodes comme celui qu'il avait vécu avec le prince l'éloignaient de son but, et il en rageait secrètement. Il avait hâte que la guerre commence. Il avait hâte que tout soit fini pour pouvoir serrer de nouveau sa mère et ses sœurs dans ses bras. Mais il savait que cela prendrait beaucoup de temps. Et comme un ours dans sa grotte en plein hiver, il attendait patiemment le jour où la glace qu'il avait sur le cœur fondrait et où il pourrait renaître auprès de ceux qu'il aimait.

En ville, les activités commençaient tôt le matin. Darhan traversa la place du marché maintenant déserte, jonchée seulement d'étalages renversés et de détritus baignant dans la boue. Quelques personnes se tenaient autour de petits feux allumés avec des déchets.

C'étaient, pour la plupart, des clochards ou des nomades très pauvres qui n'avaient pas encore quitté la ville pour l'hiver. Ils traînaient ici et là, profitant des restants de la foire pour manger un peu.

Après s'être renseigné auprès de l'un d'eux, Darhan apprit que la prison était située près du palais royal. Il n'aurait donc aucune difficulté à la trouver.

– Tu la reconnaîtras, lui avait dit un homme sans dents avec la peau brûlée par le vent et le soleil, quand tu verras les têtes des derniers condamnés à mort.

Effectivement, alors qu'il s'approchait du palais royal, Darhan vit, sur sa droite, de hautes palissades de bois avec les têtes des condamnés plantées sauvagement sur des dizaines de piquets. Ils avaient l'air de fantômes longilignes dans le petit matin, annonçant en permanence un malheur à venir.

Ces horribles épouvantails dégoûtèrent Darhan. Les lois rudes de l'Empire ne laissaient place qu'à très peu d'interprétation. Vous étiez soit non coupable du crime dont on vous accusait ou alors condamné à mort. Si l'on ne parvenait pas à prouver votre culpabilité mais que quelque soupçon persistait, on vous envoyait comme esclave dans les mines de fer.

Devant les palissades de la prison se tenaient deux gardes qui firent signe à Darhan de s'arrêter.

– Où vas-tu, jeune guerrier? demanda le premier.

– J'apporte un document à Luong Shar.

– Maître Luong Shar est malade. Il ne reçoit personne, dit le second.

– C'est un document de la plus haute importance, ajouta Darhan.

Il tendit le document au premier garde. Celui-ci observa un moment le cachet de cire qui le scellait.

– C'est le sceau de maître Djebe, général des armées de Gengis Khān!

– Oui, confirma Darhan.

– Alors passe, jeune champion de Tugiin, lança le deuxième garde en regardant la peau de loup qu'il avait sur le dos. Luong Shar est dans la maison principale. Mais frappe fort; sa femme est sourde.

Darhan traversa la guérite et se retrouva à l'intérieur de la prison. Il y vit une spacieuse maison, très basse, construite au milieu de la cour. C'était une maison de bois d'inspiration ruzhen, avec des poutres qui dépassaient sur les côtés et au bout desquelles pendaient des fanions très minces et très longs. On se doutait que Luong Shar, avec ses petits jardins entretenus tout autour de la maison, était beaucoup influencé par la culture chinoise.

Tout cela contrastait avec le reste de l'immense cour intérieure. Celle-ci, faite de terre battue, était remplie de grandes cages toutes alignées contre l'immense palissade. Dans ces cages, il y avait quelques prisonniers qui semblaient dormir ou qui passaient le temps en dessinant dans la terre. Un autre, seul, était appuyé contre les barreaux de sa prison et regardait le ciel en fredonnant une chanson. Plusieurs cages étaient vides, ce qui étonna Darhan. Il en déduisit avec dégoût que les anciens occupants devaient tous se trouver à l'extérieur de la prison, la tête au frais, plantée sur un piquet.

Darhan descendit de Gekko et avança sur une petite terrasse de bois menant à la porte de la maison. Il régnait, à l'intérieur, un noir d'encre, et le garçon n'osa pas entrer de son propre chef. Il frappa plusieurs fois avant de voir surgir une lueur devant lui. Il aperçut alors une femme âgée qui approchait en le regardant d'un air suspicieux. Elle tenait, dans sa main droite, une petite torche brûlant d'une flamme bleue pas ordinaire.

– Que veux-tu, jeune homme? demanda la vieille. Luong Shar est malade et il ne reçoit personne.

– Je lui apporte ce document de la part de maître Djebe.

– Djebe! dit la vieille dont le ton s'adoucit un peu. Très bien. Mais ne sois pas surpris si Luong Shar te répond n'importe quoi. Il a de fortes fièvres qui le font délirer.

Darhan suivit la vieille dame dans la pénombre. Il parcourut un singulier labyrinthe constitué de petites pièces séparées par des cloisons faites de peaux de petits rongeurs cousues les unes aux autres. Il avait fallu des centaines et des centaines de petits animaux pour fabriquer ces parois. On les avait tellement tendues qu'on pouvait presque voir à travers. Derrière elles, Darhan distingua des lueurs blanches et vertes qui éclairaient faiblement. Il n'avait jamais rien vu de si singulier.

Après un long moment à tourner dans tous les sens, Darhan aperçut, au fond d'une pièce, un homme couché par terre parmi des fourrures. Luong Shar devait avoir à peu près l'âge de Djebe. Mais, contrairement à ce dernier, il était très mince, presque rachitique, et sa peau était d'un jaune inquiétant. De sa moustache, qui avait dû être très fournie à l'époque où il combattait aux côtés de Djebe, il ne restait plus maintenant que quelques longs poils disparates. Près de lui brûlaient des charbons sur lesquels on avait déposé des herbes et des encens qui fumaient en laissant flotter dans la pièce une odeur âcre. Darhan s'avança doucement vers Luong Shar.

– Arghhhh! cria l'homme en se relevant sur sa couche. Démon! Tu t'es déguisé en loup pour venir me chercher!

– Non, dit Darhan, je vous apporte un document.

– Parle toujours! Tu viens me regarder mourir, cruelle créature, pour ensuite t'emparer de mon âme et la ramener en enfer!

– Mais non, assura le garçon.

– Je vous l'avais dit qu'il avait des délires, déclara la vieille, tout près. C'est comme ça depuis une semaine. Pauvre Luong Shar, pauvre amour. Lui qui était si beau et si fort autrefois. C'est si misérable de devoir mourir fou comme ça.

– Que lui est-il arrivé?

La vieille regarda Darhan d'un air soucieux. Elle chuchota pour qu'on l'entende à peine:

– Il a été empoisonné.

– Empoisonné! Mais pourquoi?

La dame haussa les épaules.

– Il y a des choses qu'on aimerait dire, mais qu'on doit garder pour soi. Alors, on regarde et on attend patiemment. C'est souvent tout ce qu'il y a à faire.

Darhan ouvrit la bouche mais ne put prononcer un mot, ne sachant quoi répondre à de si étranges paroles. Il voulut s'approcher de nouveau de Luong Shar, mais celui-ci recula sur sa couche et se dénuda complètement en allant appuyer son dos contre le mur du fond.

– Ah! s'exclama-t-il avec un sourire malicieux. Approche, démon! Luong Shar n'a pas peur de toi. Approche! Je vais te serrer dans mes bras.

Darhan vit que le vieil homme avait un couteau qu'il camouflait maladroitement derrière lui.

– Mais non, maître Luong Shar, fit-il. Je ne suis pas un démon! Je m'appelle Darhan. Je viens de la part de Djebe.

L'homme fut pris d'un rire convulsif qui le fit plier en deux. Il regarda ensuite Darhan, les yeux remplis de larmes et les dents serrées.

– Il vient de la part de Djebe! Elle est bonne, celle-là. Tu essaies de m'avoir avec des insanités. Mais je ne suis pas fou. Non, je ne suis pas fou. Djebe est mort depuis longtemps! Il a été dévoré par un dragon devant les murs de Pékin! Je le sais, j'étais là!

Darhan secoua la tête, désespéré. Luong Shar, qu'on avait empoisonné, était devenu fou. La vieille s'avança vers lui.

– Je suis désolée, dit-elle, mais je crains que vous ne puissiez rien tirer de mon pauvre mari. Il a complètement perdu l'esprit, et il me faudra encore du temps pour le guérir.

– J'aurais aimé pouvoir lui remettre ce document, répondit Darhan avec dépit.

– Attendez ici. Je vais aller chercher le capitaine de la prison. C'est lui qui sera appelé à remplacer Luong Shar s'il ne retrouve pas ses esprits.

La dame disparut dans l'obscurité et le laissa seul avec le vieux fou, dans cette pièce enfumée empestant les herbes de guérison. Darhan vit quelques récipients, sur le sol, remplis de liquides visqueux. Luong Shar était toujours appuyé contre le mur et il fixait le jeune guerrier. Son souffle était extrêmement rapide et son corps dégoulinait de sueur. Sur son ventre à la peau flasque, on pouvait voir une immense cicatrice qui le traversait d'un côté à l'autre. Comme si quelqu'un avait trouvé deux morceaux de différents hommes et qu'il les avait cousus ensemble…

– Vous avez bien connu Djebe? demanda Darhan.

– Oh oui! affirma Luong Shar, haletant comme un chien, je l'ai bien connu! C'était un bon guerrier. Fort, fidèle, et tout ce que l'on pouvait attendre d'un parfait soldat.

Jamais l'armée n'a trouvé un homme tel que lui. Mais il est mort, quel malheur! Dévoré sur les murailles de Pékin par un dragon chinois. Damnés Chinois! J'ai toujours su qu'il ne fallait pas faire de campagne contre eux… Que c'était de la folie et que nous allions tous y laisser notre âme! Ils sont trop forts. Ils vous reçoivent avec des cadeaux en vous appelant «maître». Mais, sournoisement, ils vous envahissent l'esprit avec leurs mots et leur musique. Et lentement, sans vous en rendre compte, vous glissez vers eux. Et bientôt, vous devenez l'un des leurs. L'esprit des Mongols va périr en Chine!

— Quelle est cette cicatrice que vous avez sur le corps? lança Darhan, fasciné par la longue balafre et ne comprenant rien à ce que racontait Luong Shar. Quelle arme peut trancher un homme de la sorte?

Luong Shar se calma et sa respiration prit un rythme normal. Il s'avança vers Darhan, à quatre pattes sur son lit. Il avait une haleine épouvantable.

— Ça, c'est le dragon qui me l'a faite quand j'ai voulu sauver Djebe, raconta-t-il. Sur la Grande Muraille, alors que le dragon déchiquetait mon meilleur ami avec ses crocs, j'ai voulu affronter la bête pour le sauver. Mais le monstre immonde m'a envoyé un coup de patte et m'a déchiré en deux avec sa longue griffe. Je suis tombé de la muraille et je me suis évanoui.

Darhan n'ajouta rien. Il avait souvent entendu des histoires de dragons et de créatures maléfiques lorsqu'il était enfant, mais jamais il n'y avait cru. Il voyait bien que le pauvre homme délirait et qu'il ne tirerait rien de lui. Il n'avait plus qu'à attendre le capitaine et à lui remettre le document.

La vieille arriva finalement, accompagnée d'un homme dans la trentaine au teint extrêmement sombre. Ses cheveux longs étaient attachés dans son dos. Il avait un habit de cuir noir et de hautes bottes. C'était le capitaine de la prison. Son nom était Souggïs.

– Qu'est-ce que je peux faire pour toi? demanda-t-il d'un ton autoritaire et indifférent, comme si on lui faisait perdre son temps.

– Je suis venu apporter ce document à Luong Shar.

– Luong Shar est fou, répondit le capitaine.

– C'est de la part de maître Djebe.

– Ah bon? fit l'homme, intrigué. Donne-moi ce document!

Le capitaine prit le document des mains de Darhan. Après en avoir brisé le sceau, il le déroula et lut attentivement le contenu en haussant les sourcils. Il le glissa ensuite à sa ceinture.

– Très bien, dit Souggïs. Puisque ce sont là les vœux du plus grand général de nos armées… J'ai justement besoin d'un bon commandant. Maître Djebe précise que tu es le meilleur. Nous avons un convoi qui part à midi pour le lac Baïkal. Juste le temps de quelques formalités et tu seras prêt à partir avec mes hommes.

L'homme conduisit Darhan à l'extérieur. Mais, chose incroyable, ils ne firent que quelques pas et furent immédiatement sur la petite terrasse en bois…

– Mais… qu'est-ce qui s'est passé? lança Darhan, confus.

– Qu'est-ce que tu veux dire? Nous sommes à l'extérieur.

– Je sais bien. Mais il m'a semblé avoir fait un long chemin pour me rendre jusqu'à Luong Shar.

– Il y a longtemps que cette vieille sorcière fait brûler des herbes dans cette maison. Elles te seront sans doute montées à la tête. Viens, je vais te présenter à ceux qui vont t'accompagner pendant le voyage.

***

La vieille dame était restée près de Luong Shar. Elle jeta dans un bol d'eau fumante quelques herbes pour préparer une potion qu'elle donnerait à boire à son mari. Celui-ci était assis parmi les fourrures et respirait calmement.

— Koti, demanda-t-il, l'homme qui est parti avec le jeune loup, qui est-ce? Je ne le connais pas.

— C'est Souggïs, ton jeune élève, répondit-elle en tendant le bol de médicament au vieil homme. Celui qui sera appelé à te remplacer.

— Je ne suis pas encore mort! déclara-t-il en buvant la potion.

La vieille Koti eut un soupir de soulagement. Ses yeux se mirent à briller. Pour la première fois depuis trois jours, Luong Shar semblait avoir repris ses esprits.

— Pour ça, dit-elle sur un ton de reproche, il faudra arrêter de boire n'importe quoi avec tes vieux copains de l'armée.

— Bah! fit-il. Mais dis-moi, qui donc a osé nommer mon élève pour me remplacer sans ma permission?

— C'est Dötchi, le fils de l'empereur.

***

Les préparatifs pour le voyage se firent rapidement. Les vivres furent chargés sur des chevaux et une dizaine de prisonniers furent sortis des cages et aussitôt enfermés dans un chariot avec des barreaux. Ces hommes, des criminels et des voleurs, furent amenés avec des fers aux poignets et aux chevilles. Ils allaient voyager ainsi, entassés les uns sur les autres.

Le capitaine Souggïs avait prétexté quelque affaire à régler au palais royal et avait demandé à Darhan de l'attendre. Comme il tardait, le petit commandant décida de faire seul la connaissance des hommes qui l'accompagneraient pour ce voyage.

Ils étaient quatre. Le premier, Kian'jan, était un nomade du sud d'origine tangut. Il avait grandi avec sa mère dans le désert. Un jour, celle-ci avait été tuée et le jeune homme avait quitté le désert pour remonter vers le nord. Il s'était ensuite enrôlé dans l'armée mongole pour des raisons obscures. Plusieurs mercenaires tangut s'engageaient dans les armées du Grand Khān pour gagner leur vie. Il semblait que Kian'jan faisait partie de ce nombre.

Kian'jan portait les cheveux courts et se rasait le visage avec des rasoirs qu'il portait à la ceinture. C'était un jeune homme timide, répondant aux questions qu'on lui posait par des balbutiements inaudibles. Darhan n'insista pas.

Le suivant s'appelait Hisham. Il était le plus âgé du groupe et devait avoir plus de trente ans. Il portait la barbe et avait les épaules très larges. Il dépassait tout le monde d'une bonne tête. Il avait un torse immense et très poilu qu'il aimait mettre en évidence. Il avait passé son enfance de l'autre côté des monts de l'Altaï, et sa tribu était d'origine perse. Il avait été capturé un jour lors d'une attaque de guerriers mongols venus de l'est. Il avait travaillé comme esclave pendant de longues années, jusqu'à ce qu'on le libère pour sa bonne conduite. On lui avait alors permis de s'engager dans l'armée. Mais à cause de ses origines, il savait très bien qu'il avait peu de chances de monter en grade et qu'il passerait sa vie à escorter des convois de prisonniers.

Les deux derniers étaient originaires de Karakorum. Ils s'appelaient G'jong et Tjougà. Orphelins, ils avaient traîné longtemps dans les rues de la ville avant de travailler à la prison comme garçons à tout faire. Changer la litière des prisonniers et pelleter des excréments avaient été leurs tâches quotidiennes pendant plusieurs années. Avec le temps, ils étaient devenus soldats. Ces deux garçons, de bonne taille et au regard dur, semblaient très proches l'un de l'autre.

Darhan ressentit aussitôt de la sympathie pour Kian'jan et Hisham, mais pas pour G'jong et Tjougà. Sans doute avait-il plus d'affinités avec des hommes qui avaient passé leur vie à voyager tout comme lui, alors que les manières et les coutumes de la ville lui étaient étrangères.

Le capitaine arriva quelques heures plus tard. L'après-midi était déjà avancé.

— Je vois que tout est prêt, dit-il. Très bien, commandant Darhan, tu as fait un excellent travail !

Il s'approcha des prisonniers dans le chariot, puis lança à ses hommes :

— Si un de ces fumiers vous fait des misères pendant le voyage, n'hésitez pas à le battre. C'est tout ce qu'ils méritent.

Darhan regarda les pauvres types entassés dans le chariot et se demanda comment ces hommes si maigres et démunis pourraient leur causer des problèmes. C'est alors qu'un pet sonore se fit entendre clairement. Les prisonniers ne purent s'empêcher d'éclater de rire.

— Qui a fait ça ? ! tonna le capitaine. Qui a fait ça ? ! Si vous ne dénoncez pas ce misérable, je vous abats tous l'un après l'autre !

Les prisonniers cessèrent de rire immédiatement. Le capitaine passa sa main entre les barreaux du chariot. Il saisit à la gorge un jeune garçon et plaqua sa figure contre les barreaux. C'était un garçon qui devait avoir l'âge de Darhan. Il était sale et son visage basané portait les stigmates d'une blessure récente. Chose étrange en ce pays, remarqua Darhan, ce jeune garçon avait les cheveux blonds.

– C'est encore toi, Subaï, qui fais l'idiot! cria le capitaine. Je devrais t'enfoncer mon épée dans le ventre et te laisser couiner comme un porcelet. Mais j'ai trop de plaisir à l'idée de penser que tu épuiseras ta jeunesse dans les mines de fer du lac Baïkal. Lorsque tu en sortiras, dans quinze ans, tu ne seras plus qu'une loque juste bonne à quêter sa pitance!

Il relâcha Subaï qui s'accroupit dans la prison mobile sans dire un mot.

Le capitaine regardait Darhan et ses hommes avec un immense sourire, comme s'il venait de faire la démonstration de son savoir-faire en matière d'autorité.

– Je te reconnais à peine, mon jeune élève! dit la voix vigoureuse d'un vieil homme.

– Maî… maître Luong Shar, bredouilla Souggïs.

Dans la cour se tenait Luong Shar, enveloppé dans une couverture et s'appuyant sur un bâton.

– Ce n'est pas ainsi que doit s'imposer un soldat digne de ce nom!

– Je vous demande pardon, mon maître.

– Mais quelles sont ces manières?! ajouta furieusement le vieux en frappant le sol avec son bâton.

Souggïs ne dit rien et s'agenouilla en signe de respect.

– Ces hommes sont des malfaiteurs aux yeux des lois de notre empire, déclara Luong Shar, et ils doivent être punis selon ces mêmes lois. Mais ce sont encore des hommes aux yeux des esprits. Alors, prenez garde!

Darhan et ses hommes firent une révérence au vieil homme qui s'en retourna au pavillon en marchant à l'aide de son bâton.

Le capitaine se redressa.

– Messieurs, lança-t-il d'une voix mal assurée, Darhan sera le commandant de ce convoi. Il a été envoyé par Djebe, grand général de nos armées. Vous lui devez respect et soumission.

Le capitaine s'éloigna un peu, puis il se retourna et dit, toujours très mal à l'aise:

– Ah! j'oubliais… Vous serez accompagnés par un autre soldat. C'est un homme de confiance. Je… Enfin… il vous sera utile en cette période difficile. On dit qu'il y a de l'agitation du côté des Montagnes noires.

Sur ces mots, Souggïs s'en alla rapidement.

Darhan et ses hommes se regardèrent, intrigués. Bientôt, un cheval et son cavalier firent leur apparition à la porte de la prison. L'homme avança lentement, la tête penchée, ses longs cheveux noirs lui cachant le visage. Lorsqu'il releva la tête pour saluer avec une moue désagréable, Darhan le reconnut immédiatement. C'était Günshar, celui qu'il avait combattu sur les plaines, au jeu de Tugiin. Celui, aussi, qui avait craché à ses pieds.

CHAPITRE 10

Le convoi

Kian'jan menait le convoi ; Hisham conduisait le chariot, avec ses deux chevaux de trait ; Tjougà et G'jong fermaient la marche. Les deux garçons de la ville ne cessaient de faire des pitreries, se faisant rire l'un et l'autre avec des sottises qu'eux seuls pouvaient comprendre. Günshar restait près de Darhan, avançant sur son cheval la tête toujours baissée, comme s'il regardait le sol. L'homme et le garçon s'observaient à la dérobée sans dire un mot.

Lorsqu'ils arrivèrent au pied des montagnes, au sortir de la steppe, ils décidèrent de s'arrêter.

Darhan et ses hommes montèrent le campement pour la nuit. Ils allumèrent un feu et, bientôt, tous se mirent à manger en silence. Une ambiance étrange régnait sur ce groupe. Le jeune guerrier en était très agacé.

– Il fera beau, dit-il en regardant le ciel étoilé, comme pour lancer une discussion.

– Tant mieux ! s'exclama Hisham. Demain, nous avons une longue journée. Nous devons faire le plus de route possible et dépasser les Montagnes noires.

– Qu'est-ce qu'il y a dans ces montagnes ? demanda Darhan. Le capitaine a dit qu'il y avait de l'agitation de ce côté.

– Il y a des barbares, fit G'jong.

– Certains convois ont affirmé qu'ils avaient eu de la difficulté à négocier leur passage avec les hommes des montagnes, ajouta Tjougà.

Darhan se retourna vers Günshar.

– Qu'est-ce que tu en penses, toi, Günshar ? lança-t-il.

– Je pense que nous n'avons rien à craindre, répondit l'homme qui ne leva pas les yeux.

– Il faut tout de même demeurer sur nos gardes, affirma Hisham de sa grosse voix.

– Hisham a raison, approuva une autre voix. Il faut se montrer très prudent. Il y a des énergies étranges, ici.

C'était Kian'jan le Tangut qui venait de parler. Il avait une voix feutrée qui glissait bizarrement dans l'oreille. Tous se retournèrent pour le regarder.

– Tiens, il parle, celui-là ! s'écria G'jong. Ça fait des mois qu'on travaille avec lui et jamais je ne l'avais entendu parler.

– Moi non plus, dit Tjougà.

– Laissez-le tranquille ! ordonna Hisham en grognant comme un ours.

– Ben quoi ! s'exclama G'jong. Tout ce qu'il sait faire, c'est dire des mots qu'on ne comprend pas et boire des tisanes qui sentent les pieds.

Tjougà se mit à rire.

– Ouais ! C'est vrai qu'elle pue les pieds, sa tisane !

– Pshht ! fit Kian'jan, comme un chat.

Il s'écarta en tournant le dos au feu.

– Quel type bizarre ! lança G'jong.

– Je ne comprends pas pourquoi ils nous font travailler avec un cinglé pareil, ajouta Tjougà.

– Foutez-lui la paix ! tonna Hisham en se levant.

G'jong et Tjougà se levèrent à leur tour, la main sur leur épée. Darhan tenta de calmer les esprits :

– Messieurs ! Arrêtez immédiatement.

– Reste poli, le Perse, beugla G'jong sans entendre son commandant. Ou tu vas le payer cher !

– Ouais ! sale Perse ! On va te couper les oreilles ! menaça Tjougà.

– Approchez ! dit Hisham en déployant ses larges bras poilus.

Le gros Hisham se mit à rouler les yeux dans tous les sens et à taper du pied contre le sol.

— Je vais vous écrabouiller comme des vermisseaux !

— Arrêtez ! cria Darhan sans que personne ne l'écoute.

— C'est ce qu'on va voir ! rugit G'jong en s'approchant.

— Tu peux en être sûr ! rétorqua Tjougà.

— Messieurs ! intervint Günshar. Votre commandant a parlé !

Les trois hommes regardèrent Günshar, puis Darhan. Ils s'assirent sans dire un mot. La colère s'éteignit aussi soudainement qu'elle avait éclaté.

Darhan était figé sur place. Il ne savait pas quoi dire ni quoi faire. Il s'assit à son tour en silence. Son cœur battait à toute vitesse. Ça ne faisait que quelques heures qu'ils avaient quitté Karakorum et il leur restait plusieurs jours à passer ensemble !

***

Après ce sinistre repas, où personne ne dit plus rien, Darhan s'éloigna un peu pour la nuit. Hisham le Perse le suivit.

— Je suis désolé pour tout à l'heure, dit-il. J'ai perdu la tête.

– Ça va, répondit Darhan. C'était pour défendre un ami.

– Tu ne restes pas pour dormir près du feu avec nous, mon commandant ?

– Non. La lumière du feu m'empêche de bien voir les étoiles.

– Kian'jan aussi aime bien regarder les étoiles.

Darhan se trouva un coin d'herbe dégagé d'où il pouvait contempler la voûte céleste. En touchant les plumes de l'aigle du petit démon, il regarda longuement l'étoile du nord. Celle-ci brillait toujours un peu plus. Comme un phare dans la nuit, elle ressemblait de plus en plus à un signal.

***

Malgré la présence de Gekko, Darhan n'arrivait pas à fermer l'œil. Il était un mauvais commandant, sans aucune autorité. Ce voyage serait une catastrophe, il le sentait. Et il ne faisait nullement confiance à Günshar.

Il passa la nuit à relever la tête au moindre craquement. Il avait l'esprit envahi par des images de Günshar, de Tjougà et de G'jong s'approchant de lui, l'épée à la main, pour l'assassiner. Mais, chaque fois qu'il se réveillait en sursaut, il ne voyait que ses hommes étendus ici et là, dormant ou veillant près du feu.

« Je dois me calmer, pensa-t-il. Il faut absolument que je me calme. »

Tout près, il vit la silhouette de Gekko dans la nuit. Le cheval l'observait d'un bon œil, comme pour dire : « Tout va bien. »

***

Il faisait encore nuit lorsque Darhan s'éveilla, tout surpris. Il s'était endormi et il n'avait aucune idée de l'heure qu'il pouvait être. Le ciel étoilé avait fait une rotation sur plus d'un quart de son axe, et il sut que le soleil n'allait pas tarder à se lever. Il redressa la tête vers le feu et son sang se glaça lorsqu'il vit Günshar qui discutait à voix basse avec G'jong et Tjougà. Étonné et mal à l'aise, il attendit que le jour se lève en réfléchissant.

***

Cela faisait maintenant trois jours qu'ils étaient partis, et chaque nuit avait été atroce pour Darhan qui n'arrivait pas à fermer l'œil, persuadé que Günshar avait été envoyé par le prince. Il osait à peine imaginer dans quel but.

En ce beau matin très frais, alors qu'un petit frimas recouvrait le paysage et l'illuminait sous le soleil de cette fin d'automne, le convoi avançait dans la région montagneuse du nord.

Gekko trottait aisément sur le chemin de pierre à travers les Montagnes noires. L'animal avait le pas assuré, comme il l'aurait eu en terrain plat. Tout cela ressemblait à une petite balade quotidienne. Darhan, bien en selle, sentait à peine le sentier cahoteux. Il en profitait pour sommeiller et reprendre l'énergie perdue pendant les nuits d'angoisse.

Les chevaux qui tiraient le chariot de prisonniers peinaient, par contre, pour avancer. La charge était lourde, et le sentier, difficile. À plusieurs reprises, Darhan et ses hommes durent descendre de leurs montures pour tenter de dégager une roue coincée par des pierres.

— Je n'aime pas qu'on soit ralentis comme ça, dit Hisham qui se tenait à l'écart.

Les bras croisés sur son énorme torse velu, il regardait les montagnes. Celles-ci étaient dominées par de grands conifères qui empêchaient la lumière du soleil de filtrer.

— Tu as vu quelque chose? demanda Darhan.

— Non, fit le Perse sans quitter les montagnes du regard. Pas moi.

Darhan regarda l'énigmatique Kian'jan, à l'avant, qui tirait sur les chevaux de trait. Le jeune Tangut aux cheveux courts ne leva pas les yeux. Il répondit de sa voix feutrée, avec un haussement d'épaules :

— Une impression, c'est tout.

G'jong, Tjougà et Darhan forçaient depuis un bon moment sur le chariot qui avait à peine bougé. Ils avaient tous les trois le visage rouge et ils soufflaient comme des veaux.

— Où est Günshar ? lança G'jong en s'appuyant contre le chariot. Ça fait un bout de temps que je ne l'ai pas vu.

— Il m'a dit qu'il devait s'arrêter, expliqua Darhan. C'était au milieu de la matinée. Il m'a dit que son cheval était blessé. Je ne l'ai pas revu depuis.

— Il lui est peut-être arrivé quelque chose, dit Tjougà.

— Les montagnes sont infestées de tribus dangereuses, précisa Hisham.

— Vous croyez qu'il faudrait le chercher ? demanda Darhan.

— Je ne pense pas que ce soit une bonne idée, intervint Kian'jan.

Tout le monde regarda le jeune Tangut. Il avait quitté les chevaux de trait et s'était rapproché d'eux.

– Je pense qu'il faut absolument dégager le chariot et ne pas passer la nuit dans cette région.

– Je suis d'accord avec Kian'jan, approuva Hisham.

– Bon, fit Tjougà, je veux bien quitter la région parce que, à la nuit tombée, on risque de se faire égorger par une bande de sauvages que personne n'aura vu venir. Mais il faudrait le dégager, ce chariot !

– Il faudrait faire sortir les prisonniers, suggéra G'jong.

– Et creuser, ajouta Tjougà.

– Ça va prendre des heures, soupira Hisham. Ce n'est pas une bonne idée.

– Hé ! le gros ! lança G'jong en s'approchant du Perse et en lui enfonçant son doigt dans la poitrine, au lieu de nous raconter des histoires d'horreur avec tes tribus dangereuses, pourquoi tu ne pousserais pas avec nous ?

– Ouais ! dit Tjougà, c'est gros, ça ne fait rien, et ça parle tout le temps !

La grosse face barbue de Hisham devint pourpre de colère.

– Poussez-vous ! ordonna-t-il en s'avançant vers le chariot et en bousculant G'jong qui tomba sur le derrière. Par la barbe du prophète, je vais vous montrer comment force un homme !

Kian'jan alla tenir les brides des chevaux pendant que Hisham appuyait son dos contre le chariot. Le Perse renversa la tête vers l'arrière et poussa un immense cri :

— *Allahou ak-bar !*

Tous ses muscles se contractèrent et d'énormes veines apparurent sur tout son corps. Ses yeux renversés, blancs sur son visage rouge et barbu, donnèrent la frousse à Darhan, à Tjougà et à G'jong qui reculèrent de quelques pas.

— Qu'est-ce qu'il nous fait, le gros Perse ? grommela G'jong.

— Il va exploser s'il force comme ça ! répondit Tjougà, la bouche béante.

Et alors, chose incroyable, ils virent le chariot se mettre à bouger, puis se dégager complètement des pierres ! Celui-ci, tiré par les chevaux de trait que menait Kian'jan, se mit à rouler sur la route.

— Sur vos montures ! cria Darhan. Dépêchez-vous ! Les chevaux ont leur élan !

Ils sautèrent tous sur leurs bêtes et suivirent le convoi qui s'était remis en route. Ils avancèrent ainsi tout l'après-midi, sans le moindre signe de vie de Günshar.

***

Kian'jan était en tête du convoi. Hisham était toujours aux commandes du chariot, tenant les brides des chevaux qui haletaient sous l'effort. Tjougà et G'jong escortaient le chariot de chaque côté. Darhan, loin derrière, cherchait du regard un endroit où passer la nuit. Il fallait être à couvert pour ne pas attirer le danger. Depuis un moment, ils avaient quitté les Montagnes noires et cheminaient maintenant dans les collines. Mais ils avaient été retardés à plusieurs reprises, et les formes sombres des montagnes à l'arrière restaient trop présentes dans le paysage. Et Günshar n'avait toujours pas réapparu.

Darhan vit, au loin, plusieurs arbres qui dominaient le sentier. C'étaient de grands pins qui s'élevaient haut dans le ciel.

« L'endroit idéal pour s'arrêter. Nous serons moins visibles », pensa-t-il.

Il fit accélérer le pas de Gekko.

Alors qu'il passait près du chariot pour rejoindre Hisham, Darhan vit l'étrange garçon aux cheveux blonds qui, les deux bras de chaque côté des barreaux, le dévisageait avec un sourire béat.

– Qu'est-ce que tu as à me regarder comme ça ? lui demanda-t-il.

– Tu es beau, répondit celui qui s'appelait Subaï.

– Qu'est-ce que tu racontes ?

— C'est vrai. On dirait une fille !

— Tu veux une correction ?

— N'essaie pas de faire le dur comme cet idiot de capitaine de prison. Ça ne te va pas. On voit bien que tu n'es pas un guerrier de métier. Tu as les manières d'un paysan. Et ton joli visage rond, tes yeux en amande et ta bouche finement dessinée…

— Tais-toi ! ordonna Darhan. Tu es fou ?

— Oh oui ! petit commandant, je suis fou ! Fou d'amour pour une fille qui te ressemble étrangement. Je pense à elle jour et nuit depuis ce jour où je l'ai rencontrée. Elle s'appelle Mia. C'est la créature la plus merveilleuse que j'ai jamais connue !

— Elle s'appelle Mia ? fit Darhan, étonné.

— Oui, Mia. Quel joli nom ! Quelle musique dans mes oreilles ! Ça t'étonne ? dit Subaï dont les yeux s'illuminèrent. Tu la connais ?

Darhan ne dit pas un mot. Son regard se perdit dans le lointain. Le nom de sa sœur, qu'il n'avait pas entendu depuis longtemps, lui remplit le cœur d'amertume. Il voulut s'éloigner du convoi.

— Tu la connais ? répéta Subaï. Tu la connais, c'est ça ! C'est ta sœur, c'est ça ! Vous avez le même visage, les mêmes yeux !

— Tais-toi, voleur ! tonna Darhan. Ma sœur ne connaît pas de vilain comme toi.

– Oh oui! tu es son frère! C'est dans ta voix, dans ton sang. On ne peut cacher ça à un cœur amoureux. Mia me connaît. Tu es berger. Ta mère et tes deux sœurs vendaient de la laine à la foire de Karakorum. C'est là que je les ai rencontrées!

– Tais-toi, espèce de crétin!

Darhan, furieux, s'éloigna au galop et rejoignit Hisham à l'avant. Derrière lui, il entendait délirer Subaï qui criait à pleins poumons:

– Ah! merveille des merveilles! Qormusta, tu as exaucé mes prières! Tu as ouvert mon chemin vers celui de ma bien-aimée. J'ai rencontré son frère. J'ai rencontré son frère!

***

Hisham menait le chariot d'une main de maître. Tout jeune, il avait conduit les caravanes des plus éminents marchands d'un bout à l'autre du royaume perse. Il accueillit Darhan avec un large sourire.

– Comment ça va, mon commandant?

– Mal, souffla Darhan, rouge de colère.

– Chez moi, on en a exécuté pour moins que ça, déclara Hisham. On ne peut parler ainsi à un homme de sa sœur. Ce petit insolent mérite une correction. Il faut le battre.

Darhan haussa les épaules d'impatience. Toute cette violence qui régissait le cœur des hommes l'exaspérait.

– Nous allons arrêter le convoi ici, dit-il. Nous passerons la nuit sur la colline près des grands pins.

– Bonne idée, répondit Hisham en tirant énergiquement sur les brides des chevaux.

Les bêtes, épuisées, ne se firent pas prier pour s'arrêter.

– Mais où est Günshar? demanda Darhan. Il n'est toujours pas revenu. Il devrait nous avoir rattrapés depuis longtemps; nous avançons avec un plein chargement d'hommes.

– Je ne sais pas, fit Hisham. Peut-être que les hommes des montagnes l'ont capturé ou tué?... Ou alors...

– Ou alors quoi? insista Darhan.

– Kian'jan ne lui fait pas confiance, ajouta le gros homme qui avait perdu son large sourire.

Darhan regarda, un peu plus loin, Kian'jan qui descendait de son cheval. Son dos était courbé et il avait les os saillants. Solitaire, il semblait toujours ne parler qu'à Hisham.

– Ça fait longtemps que tu le connais, Kian'jan?

– Pas longtemps, non. Ça fait très peu de temps qu'on m'a affranchi. Quinze ans d'esclavage, penses-y, mon commandant...

Quand tu trouves ton premier travail, personne ne te parle. Surtout quand tu es un Perse vivant chez les Mongols. Kian'jan, qui est tangut, c'est le seul qui m'a parlé.

Darhan regarda intensément Hisham.

– Qu'est-ce que tu as à me regarder comme ça, commandant?

– Si les choses tournaient mal, est-ce que je pourrais compter sur vous deux?

– Bien sûr! dit Hisham avec un large sourire qui dévoila ses dents blanches.

***

Le convoi était arrêté depuis un moment et les préparatifs pour la nuit allaient bon train. Au loin, le galop d'un cheval se fit entendre. Tous se retournèrent pour voir Günshar qui dévalait la colline.

L'homme arrêta sa monture un peu avant le campement et en descendit. Ses longs cheveux noirs lui cachaient les yeux. Derrière lui, on pouvait voir, dans les montagnes sombres, les conifères se teinter de vert foncé sous l'éclat des derniers rayons du soleil. Le vent de la journée était tombé, cédant la place à un silence inquiétant.

– D'où viens-tu, Günshar? demanda Darhan en s'avançant vers lui.

– Mon cheval s'est blessé. Tu te rappelles?

– Il a l'air bien portant; tu arrives ici au galop.

– Il va mieux que tout à l'heure. C'est un bon cheval.

Darhan ne crut pas du tout à cette histoire de cheval blessé. Cet homme mentait.

Günshar posa sur lui son habituel regard sombre.

– Mon commandant semble me soupçonner de quelque chose.

– C'est parce que tu es louche et que je ne te fais pas confiance, dit Darhan en serrant les dents.

Il ne quittait pas des yeux les deux mains de Günshar. Il avait l'impression que, très subtilement, l'homme les ramenait tout près de son épée. Il sentit sur sa taille son couteau lui brûler la peau. Il était prêt à dégainer le cadeau d'Ogankù. Si Günshar avait été envoyé par le prince pour l'assassiner, Darhan en aurait le cœur net.

– Qui t'envoie?

– On m'a engagé pour accompagner le convoi. Pas pour me faire insulter par un petit paranoïaque!

– Je vais te montrer ce qu'il va te faire, le paranoïaque! fulmina Darhan qui se revoyait en train de coucher par terre, à l'aide d'un bâton, les deux meilleurs soldats de l'Empire sous le regard médusé du sergent Ogankù.

– Essaie pour voir, répliqua Günshar, dont les yeux devinrent comme fous en s'injectant de sang.

La tension était à son comble. La bataille entre les deux guerriers semblait inévitable. C'est alors qu'une voix douce se fit entendre, tout près :

– Vous n'allez pas vous battre ? Verser le sang d'un frère mongol porte malheur, messieurs.

Surpris, ils regardèrent tous les deux Kian'jan qui s'était approché silencieusement sans qu'ils s'en rendent compte.

– Vous qui en êtes devriez le savoir plus que moi, qui suis un Tangut.

La tension se relâcha sous les douces paroles du jeune homme.

– D'accord, dit Darhan, nous n'allons pas nous battre entre frères.

Éviter le combat lui semblait la meilleure chose à faire. Il ne pouvait s'engager ainsi sur des présomptions. Il espérait gagner du temps pour prendre l'homme en flagrant délit.

– Mais je t'avertis, déclara le petit guerrier en pointant Günshar du doigt, je t'ai à l'œil. Au moindre faux mouvement, je te battrai de nouveau ! Et ce ne sera pas un jeu.

Darhan lui tourna le dos et se dirigea vers le campement, accompagné de Kian'jan. Günshar resta un moment près de son cheval et les regarda s'éloigner. Il avait le regard noir et le sourire mauvais.

« Tu peux faire le dur, avorton, se dit-il à lui-même. Bientôt, Günshar se promènera avec ta tête accrochée à sa ceinture. »

***

Une légère brume se formait sur les collines. La lune d'automne, à son dernier quart, illuminait faiblement le ciel étoilé. Dans quelques jours, elle aurait complètement disparu. Une fois la nuit tombée, on n'y verrait plus rien et les ombres se feraient encore plus oppressantes.

Darhan s'était éloigné pour ramasser du bois pour le feu. Il avait demandé à Hisham et à Kian'jan d'en faire autant. Ainsi, il avait laissé Günshar en compagnie de Tjougà et de G'jong. Après un moment passé dans les bois environnants, il revint à plat ventre pour ne pas être entendu.

Accroupi près d'un arbre, sa mine s'assombrit lorsqu'il entendit les trois hommes qui discutaient. Günshar parlait aux deux autres en pointant du doigt les montagnes derrière. Cette fois-ci, il en était sûr, les trois hommes étaient à la solde du prince Dötchi et avaient été envoyés pour l'assassiner.

— Psst! Psst! entendit-il.

Il se retourna et vit, à quelques mètres, le chariot des prisonniers, enveloppé par un nuage de brume. En y regardant bien, il aperçut le petit Subaï qui lui faisait signe d'approcher.

— Viens ici, disait Subaï en essayant de ne pas parler trop fort.

— Fiche-moi la paix, répondit Darhan. Je ne veux pas te parler.

— Viens ici. Je dois te dire des choses de la plus haute importance.

— Laisse-moi tranquille!

Subaï le suppliait à mains jointes. Darhan regarda un moment vers Günshar et les deux autres. Ceux-ci ne semblaient pas avoir entendu quoi que ce soit et continuaient à discuter.

— Ça va, fit Darhan en se dirigeant discrètement vers le chariot, je veux bien te parler. Mais si tu mentionnes une seule fois le nom de ma sœur, je te coupe la langue.

Il approcha sa tête des barreaux.

— Qu'est-ce que tu as à me dire de si important?

– Tu vois les trois hommes là-bas, près du feu ? demanda Subaï en appuyant sa bouche contre l'oreille de Darhan.

– Oui.

– Eh bien… ils complotent contre toi.

– Mais je le sais bien ! Penses-tu m'apprendre quelque chose ? Si c'est pour ça que tu m'as fait venir ici, tu m'as fait perdre mon temps.

– Peut-être… mais je peux te dire de quoi ils parlent.

– Comment ça ?

– J'entends tout.

– Qu'est-ce que tu veux dire ?

– J'entends tout ce qu'ils disent.

– Comment est-ce possible ?

– C'est comme ça.

– Tu entends bien ?

– Mais oui.

– Comme un chien ?

– J'aurais préféré « comme un renard », dit Subaï en prenant un petit air hautain.

Darhan regarda Subaï, bouche bée.

– Et alors, de quoi discutent-ils, si tu entends si bien ?

Subaï retira sa tête et fit signe à Darhan de s'éloigner un moment. Il se nettoya l'oreille droite avec le petit doigt. Puis il tendit la tête en levant les yeux vers le ciel.

– Et alors ? insista Darhan.

– Sois patient, répondit Subaï. Le vent est dans la mauvaise direction.

– Tu te moques de moi?

– Mais non. Sois patient. Ah! voilà! je les entends.

– Et alors?

– Mais attends! Ils parlent… Ils veulent…

– Ils veulent quoi?

– Ils veulent faire griller des lièvres. Mais ni G'jong ni Tjougà ne veulent les dépiauter.

– T'es un malade! grommela Darhan en saisissant Subaï par le collet. Tu crois que je suis venu pour t'entendre me raconter des histoires de cuisine?

– Mais qu'est-ce que tu veux que je te dise? demanda Subaï qui avait de la difficulté à parler sous la poigne de Darhan. Je n'inventerai pas des histoires pour te faire plaisir!

Darhan regarda sa main qui tenait Subaï à la gorge. Le garçon aux cheveux blonds était tout rouge. Darhan se sentit très mal. Voilà qu'il se comportait comme un imbécile. Lui qui avait grandi sur la steppe avec sa famille et ses moutons se transformait peu à peu, au contact des guerriers, en un être violent et dur…

– Pardonne-moi, chuchota-t-il. Toutes ces histoires me rendent vraiment nerveux.

– Je te comprends, dit Subaï en reprenant son souffle. Surtout que je les ai entendus dire, plus tôt, qu'ils essaieraient d'en finir avec toi ce soir.

– Quoi!?

– Mais oui! Ils ont dit qu'ils voulaient en finir avec toi.

– Comment? fit Darhan dont le regard s'obscurcit.

– Günshar s'approchera de toi lorsque tu dormiras. Mais il sait que tu vas te réveiller et l'affronter. C'est pourquoi les deux autres, là…

– Tjougà et G'jong, ajouta Darhan.

– C'est ça. Ils se seront approchés discrètement et, camouflés dans les bosquets, ils t'enverront des flèches dans le dos. Günshar n'aura plus qu'à t'enfoncer sa lame dans la gorge.

– Mais c'est un assassinat!

– Oui. Ces hommes sont des assassins.

– Les lâches! Je vais aller les voir tous les trois. Je vais les confronter.

Il voulut s'en aller, mais Subaï le retint par le bras.

– Non, attends! Ce n'est pas la bonne manière. Si tu les prends de front, il y en a un qui va s'esquiver et qui va te planter un poignard dans le dos. Crois-moi, je connais ces types. J'ai grandi dans les bas-fonds de la ville tout comme eux. Je sais ce qu'il faut faire. Les histoires d'honneur, ils n'en ont rien à faire.

– Alors, il faut leur tendre un piège, conclut Darhan.

– Exactement! Si tout ne se déroule pas selon leur plan, ils seront complètement déroutés.

– Je vais aller voir Hisham et Kian'jan. Ils m'aideront.

Subaï écarquilla les yeux.

– Je ne crois pas que ce soit une bonne idée.

– Pourquoi? Ils complotent, eux aussi, contre moi? T'as entendu quelque chose?

– Euh... non, pas vraiment... Mais un Tangut et un Perse... Je ne serais pas étonné qu'ils fassent partie du complot.

Darhan regarda Subaï derrière les barreaux.

– Je pense que tu te trompes, voleur.

Et il s'éloigna pour aller rejoindre Hisham et Kian'jan, qui n'étaient toujours pas rentrés de leur corvée de bois.

– Mais... et moi? lança Subaï d'un air suppliant.

– Quoi, toi? demanda Darhan.

– Qu'est-ce que tu vas faire de moi?

– Mais je vais te mener jusqu'aux mines du lac Baïkal, comme prévu!

– C'est comme ça que tu me remercies de t'avoir prévenu?

– Prévenu de ce que je savais déjà, précisa Darhan.

– Ce n'est pas juste ! dit Subaï en s'assoyant par terre et en croisant les bras, l'air boudeur.

– Ça, c'est ce que tu verras, répondit Darhan.

Il disparut derrière un nuage de brouillard, laissant Subaï qui ne savait plus quoi penser.

CHAPITRE 11

Les assassins

Le brouillard était tombé, cette nuit-là, sur Karakorum. Plusieurs colonnes de fumée montaient vers le ciel, signalant une fraîcheur hors du commun, signe pour les habitants de la cité que l'hiver allait éminemment s'installer. Dans le palais royal, une discussion allait bon train dans la salle d'audience. Gengis Khãn recevait ce soir-là, en privé, maître Djebe, général de ses armées, ainsi que son principal conseiller, Tarèk le chaman.

La salle d'audience était une immense pièce où s'élevaient de grandes colonnes de bois peintes en rouge avec du sang de bœuf. Le parquet de bois noir luisait sous le travail acharné des esclaves qui devaient le cirer chaque jour avec des serpillières. Aux murs, des torches illuminaient la salle et projetaient dans tous les sens les ombres des trois hommes assis à une table trônant en plein centre. Plusieurs serviteurs au crâne dégarni attendaient patiemment le long des murs.

– Alors, si je te comprends bien, Djebe, général de mes armées, dit l'empereur, tu suggères d'attendre le printemps avant d'envoyer mes armées contre les Perses?

Gengis Khān était assis sur un petit tabouret de bois, jambes écartées. Il portait à la main un bâton de bois noir, symbole des pouvoirs divins de l'empereur. L'homme ne s'en séparait jamais.

Fin stratège, Gengis Khān pouvait aussi être violent et cruel. Il avait ainsi fait plier l'échine à plus d'un récalcitrant pour unir les tribus sous un seul drapeau et créer l'Empire mongol. Aujourd'hui, la soixantaine passée, il s'adonnait plus à l'étude de la calligraphie et à la musique qu'à la guerre.

Il portait une longue toge qui lui tombait jusqu'aux pieds. Sur la tête, il portait un carré de tissu blanc lui recouvrant les épaules. C'était une étoffe d'un blanc immaculé, cerclée de fines bandes noires cousues de fil d'or. Avec sa longue barbe aux poils fins et soignés, il aimait se donner les airs d'un sage ayant étudié toute sa vie. Mais le terrible guerrier sommeillait encore en lui, et l'empereur n'avait pas digéré l'affront que lui avait fait Mohammed Shah en assassinant plus de quatre cents marchands mongols. Gengis Khān semblait pressé d'aller à la guerre, comme si sa vraie nature, qu'il avait enfouie depuis plusieurs années, cherchait à émerger.

Tous le craignaient, sachant à quel point sa fureur pouvait être sauvage et sans pitié. Mais Djebe le connaissait bien. Lui-même chef de la tribu des Qonjirat, il s'était joint très tôt à Gengis Khān, alors chef des Qiyat, et avait défendu la cause unificatrice depuis le tout début de l'Empire.

– C'est exact, ô Grand Khān! affirma Djebe. On signale déjà de lourdes tombées de neige du côté des monts de l'Altaï. Le traité avec les Tangut, qui nous apportera vingt-cinq mille hommes, vient tout juste d'être signé et ils ne se joindront pas à nous avant le début de la semaine prochaine. Si nous partons immédiatement, nous risquons de nous enliser avec les machines de guerre et les chariots de ravitaillement. Il serait plus sage d'attendre le printemps. Nous pourrions, entre autres, voyager léger, et ainsi nous assurer une victoire plus décisive.

Une voix gutturale se fit entendre. Elle était caverneuse, enrouée par les sécrétions, et s'apparentait à celle qu'aurait pu avoir un démon.

– La victoire n'est donc pas assurée, général?

– Ce n'est pas ce que je veux dire, chaman.

– Djebe est vieux, mon seigneur, dit Tarèk au Grand Khān. Il a oublié qu'il a déjà affronté plus d'une tempête dans sa vie. Il oublie peut-être à quel point nos jeunes soldats sont forts et courageux.

Tarèk était un homme immense qui dépassait Djebe de près d'une tête. Il portait une tunique noire avec un capuchon qui ne laissait voir que son visage ; c'était déjà tout ce qu'un homme normal pouvait supporter. Sa figure était traversée par une vilaine cicatrice qui partait de l'arcade sourcilière gauche et qui se prolongeait, en traversant une orbite sans œil, jusqu'au menton. Lorsqu'il parlait, on pouvait voir que tout l'intérieur de sa bouche, y compris la langue, était noir, comme si l'homme se gargarisait avec de l'anthracite.

Djebe connaissait Tarèk depuis longtemps. Il savait à quel point le chaman était puissant et utile pour Gengis Khān. Mais le vieux général en avait vu d'autres et se laissait rarement intimider par le sinistre sorcier.

— Tarèk me cite à tort et à travers, déclara Djebe. Jamais je n'ai douté des vertus de nos soldats. Nous avons l'armée la plus puissante et nos soldats sont les plus forts…

— Mais par le sud…, l'interrompit le Grand Khān d'une voix douce. Si nous empruntions la route du sud, par le désert de Taklamakan ?

— Alors, ô mon empereur, répondit Djebe, nous devrons traverser le désert et allonger notre voyage de plusieurs mois ! Nous allons y perdre quand même en forces et en vivres.

Tarèk grogna et se racla la gorge de manière dégoûtante.

– Mon empereur, lança-t-il, nous devons partir au plus tôt. Tout est prêt, comme prévu. Les Jin nous ont envoyé plus de cinq mille têtes de bétail. Les Tangut ont signé une alliance avec nous pour la guerre. Nous aurons une armée de plus de cent mille hommes. Il faut partir immédiatement !

– Et pourquoi ne pas attendre ? demanda le Grand Khān à son chaman.

– Mes espions m'indiquent que Mohammed Shah négocie des alliances et veut rapatrier des hommes de Damas, en passant par Bagdad, jusqu'à Samarkand. Il sait que vous voulez l'attaquer. Si nous lui laissons le temps de se préparer, alors nous perdrons l'effet de surprise et c'en sera fini de la route de la soie. Les richesses du Moyen-Orient doivent nous appartenir ! C'est la seule manière de consolider votre empire, mon maître ! Sinon, ce sont les Perses qui nous mettront à genoux. Et n'oubliez pas cet affront que le Shah vous a fait en ordonnant l'exécution de plus de quatre cents marchands mongols.

– Si nous arrivons à bout de souffle et épuisés, répliqua Djebe, alors les Perses auront certes une belle surprise : ce sera celle de nous mettre en pièces !

– Je trouve Djebe trop pessimiste ! grogna de nouveau Tarèk.

– Et moi, notre chaman trop optimiste !

– Il est bien peu pressé de partir pour cette campagne, notre général ! dit Tarèk en élevant la voix.

– Et moi, je trouve Tarèk bien pressé d'aller à Samarkand !

– Messieurs, du calme ! ordonna le Grand Khān en levant les deux bras. Inutile de s'énerver. Je vais prendre une décision.

L'empereur se leva et se dirigea vers le trône qui se trouvait au fond de la salle. Il marchait très lentement, suivi de deux serviteurs. Il avançait le dos courbé, les mains jointes derrière lui. Il réfléchissait.

Gengis Khān avait l'habitude de prendre très peu de temps pour ses réflexions. L'homme avait toujours précipité ses actions, convaincu que les dieux marchaient avec lui dans sa grande conquête du monde, afin de faire de l'Empire mongol le plus puissant empire de tous les temps.

Djebe et Tarèk, toujours assis à la table, ne se quittaient pas des yeux, se défiant l'un l'autre. Jamais ces deux-là n'avaient eu une telle divergence d'opinions. Ils s'étaient affrontés à plusieurs reprises dans des conseils, mais, maintenant, quelque chose semblait animer Tarèk d'une force étrange. Le chaman, qui avait toujours été un homme capable de mesurer les problèmes de manière raisonnable malgré son sale caractère, semblait porter en lui les germes d'une conviction profonde. Djebe était étonné qu'il veuille à ce point pousser les armées au plus creux de l'hiver dans une guerre qu'elles pourraient perdre et dont l'Empire pourrait pâtir longtemps.

– Messieurs, déclara le Grand Khān, assis sur son trône, ma décision est prise. Aussitôt que les Tangut se seront joints à nous, nous partirons. Nos guerriers ont vécu des périodes difficiles par le passé, et ce sont ces périodes qui ont fait notre force et notre grandeur. Souviens-toi, Djebe, comment nous avons marché jusqu'à l'Indus avec notre armée après avoir traversé les terribles montagnes de l'Himalaya. Nous étions épuisés, mais bénis par les dieux. Car c'est dans la tourmente que naît le fer dans le cœur du guerrier. Et c'est de cette forge que mon armée doit être faite. Ce n'est pas avec les fleurs du printemps que nous prendrons Samarkand, mais avec les rigueurs de l'hiver et la douleur dans notre âme. Ensuite, seulement, nous serons récompensés par la victoire !

Tarèk eut un immense sourire de satisfaction qu'il adressa à Djebe. Le général eut la désagréable vision de cette bouche noircie. Fier comme toujours, ne voyant pas cette décision qui allait à l'encontre de ses convictions comme une défaite, mais bien comme un nouveau défi, il se leva sans ajouter un mot et s'avança vers son empereur. Il se prosterna comme le voulait l'usage.

– Ô mon maître dit-il, il sera fait selon votre volonté! Et vous vaincrez comme toujours.

– Djebe, répondit Gengis Khān, Samarkand est une ville qui recèle mille et une richesses. Je vais maintenant annoncer un décret; sois sûr qu'il sera entendu par tous tes hommes.

Les deux serviteurs qui accompagnaient le Grand Khān sortirent un parchemin et commencèrent à prendre des notes. L'empereur dicta son décret:

– Lorsque nous prendrons la ville, exception faite du palais de Mohammed Shah, tout ce qui tombera sous la main des guerriers leur appartiendra: or, pierreries, étoffes, tapis. Ils pourront tout prendre et garder le butin pour eux.

Gengis Khān regarda Djebe.

– Sois sûr, continua l'empereur, qu'ils entendent bien ce message. Et pour qu'ils ne doutent pas une seule fois de ma sincérité, dis-leur que, pour la première fois depuis trois ans, j'enfilerai mon armure et accompagnerai mon armée.

Tarèk faillit s'étouffer. Il se leva d'un bond et s'avança rapidement vers le trône de l'empereur en trébuchant à plusieurs reprises sur sa longue robe noire.

– Mais, ô Grand Khān, vous ne pouvez partir ainsi! Le royaume a besoin de son empereur. Le voyage est dangereux et…

– Ah! fit Gengis Khān en regardant Tarèk, moi qui croyais que les Mongols étaient les plus formidables guerriers du monde… À moins que je ne sois plus un guerrier, chaman?

– Non, ô mon Khān, vous êtes le plus valeureux de nous tous!

– Alors j'accompagnerai mon armée.

Tarèk se mordit la langue de contrariété. Deux fois déjà, l'empereur avait annoncé ses intentions. Lui, le chaman, avait osé une fois s'opposer à lui, et Gengis Khān avait eu la bonté de lui répondre. Si jamais il essayait de le dissuader une deuxième fois, il risquait la disgrâce, voire la mort! Il se prosterna donc aux pieds du Grand Khān, tout à côté de Djebe.

***

Pendant que se déroulaient ces événements dans les hautes sphères du palais, d'autres activités, plus noires, se avaient lieu dans les bas-fonds, dans un endroit sombre et malsain, connu seulement de quelques-uns. Un endroit auquel seule une série de tunnels permettait de se rendre. C'était là que passait le plus clair de son temps Dötchi, le fils de l'empereur.

Cet endroit, creusé à même la pierre et renforcé avec des poutres de bois, était le quartier général du dauphin de l'Empire. Il avait même fait installer son lit dans une petite pièce adjacente. Ce n'était que dans ces lieux noirs et humides qu'il aimait se détendre, comme si, dans ces pièces glauques que tous détestaient, Dötchi le faible trouvait un peu de paix pour son âme tourmentée.

Juché sur une échelle et portant un tablier de cuir très sale, il était en train d'ajuster une imposante machine. Celle-ci était faite d'énormes poulies et d'engrenages actionnés par l'eau d'une rivière souterraine qui faisait tourner une grande roue. Dötchi y travaillait soigneusement avec un plaisir évident.

Un serviteur au crâne dégarni, habillé d'une toge brun foncé, arriva en courant et se prosterna à genoux, le front contre le sol.

– Dötchi, mon maître, quelqu'un demande à vous parler.

– Qui ose me déranger? grogna le jeune prince. Non seulement je dois m'occuper des affaires du royaume pendant le jour, dîners diplomatiques et blabla ennuyeux avec la cour de mon père, mais, en plus, il faut qu'on vienne me déranger pendant mes moments de loisir.

– C'est Souggïs, le capitaine de la prison, répondit le serviteur. L'homme que vous avez nommé pour remplacer Luong Shar. Il dit que c'est de toute première importance.

– Fais-le entrer, dit Dötchi dans un long soupir.

Le serviteur revint accompagné du capitaine de la prison. C'était la première fois que Souggïs venait dans cet endroit glauque. Ce jeune homme ambitieux avait été séduit par le prestige de Dötchi, fils de l'empereur. Souggïs ne s'intéressait que très peu aux intrigues; il cherchait surtout à monter en grade et à faire une belle carrière. Il espérait qu'en servant Dötchi il s'élèverait plus vite dans la hiérarchie.

– Ah! capitaine! fit Dötchi, toujours sur son échelle, s'appliquant à mettre de la graisse noire sur un engrenage. Quel bon vent vous amène? Vous m'excuserez, j'en ai pour quelques instants. Ces machines modernes nous apportent beaucoup de plaisir... Mais quel entretien!

Après avoir terminé le graissage, il descendit de l'échelle et se lava les mains dans un petit bassin de pierre où coulait une eau verte. Il s'essuya avec un torchon gris que tenait son serviteur.

— Alors? demanda-t-il. Qu'est-ce qui vous amène dans mon antre? Il faut que ce soit d'une importance capitale, puisque personne n'ose descendre jusqu'ici.

— Dötchi, ô dauphin de l'Empire, répondit le capitaine, je suis venu vous annoncer que Luong Shar se porte de mieux en mieux!

— Quoi! s'exclama le prince. Comment une chose pareille est-elle possible? Tarèk m'a assuré qu'il n'y avait aucun remède contre ce poison.

— Et pourtant, la vieille Koti l'a guéri.

— On m'avait assuré que c'était une incapable finie!

— Il faut croire qu'elle a de plus de pouvoirs que nous ne pouvions le soupçonner.

— Alors il faudra trouver autre chose, déclara le dauphin en baissant les épaules et en regardant vers le haut.

Il alla s'asseoir à un petit bureau de bois. Tout près brûlaient deux torches montées sur pied. Il se mit les mains sur le visage et poussa un long soupir.

— Que c'est laborieux! Que c'est laborieux! les choses ne marchent-elles jamais comme je le veux? Pourquoi? Quelle est cette fatalité qui s'acharne éternellement sur moi?

– Vous semblez très contrarié, mon prince.

– C'est qu'à chaque fois que je demande un service à ce damné Tarèk, il faut que je lui en rende un autre. Je déteste devoir quoi que ce soit à ce sorcier. On ne sait jamais ce qu'il a derrière la tête quand il vous demande quelque chose.

– Que devons-nous faire?

– Ce que nous allons faire? dit le prince. Nous allons tout reprendre depuis le début. Je vais aller voir Tarèk et lui demander des explications. Ensuite, nous aviserons.

Dötchi se leva et prit un air grandiloquent.

– Vivement que meure ce vieux débile de Luong Shar! Je ne tolérerai aucune des anciennes alliances de mon père. Si je veux être un empereur respecté, il faut que tous me vouent une fidélité sans bornes.

Il se dirigea ensuite vers l'étrange machine. Celle-ci avait une allure inquiétante qui mettait le capitaine mal à l'aise. Le pauvre soldat n'y comprenait rien.

– Quand la machine sera prête, continua le sombre héritier, plus personne ne pourra me tenir tête! Fini les complots qui obligent les empereurs à faire vérifier chaque grain de raisin de peur de se faire empoisonner par quelque serviteur véreux! Une fois soumis à la machine, tous seront mes esclaves dévoués! Et si l'un d'eux fait la forte tête et ose me résister, il sera éliminé!

Le prince y alla d'un rire aigu et grotesque. Le capitaine eut de la difficulté à cacher son malaise. Il tourna les talons et voulut sortir, mais Dötchi l'interpella:

– Capitaine!

– Oui, répondit Souggïs en se retournant dans l'embrasure de la porte.

– Vous croyez qu'il l'a capturé?

– Pardon?

– Günshar, dit le prince en serrant les dents. Vous croyez qu'il a capturé le jeune prétentieux?

– Ils doivent avoir traversé les Montagnes noires, à l'heure qu'il est. Nul doute que Günshar a accompli sa mission et qu'il sera bientôt de retour.

– Et ces barbares qui vivent encore dans des cavernes, vous croyez qu'il les a contactés?

– Sans aucun doute, mon prince. Günshar est né dans ces montagnes et il a grandi parmi ces hommes. Ils l'auront aidé dans sa mission.

– Très bien, approuva le prince en caressant du bout du doigt sa machine infernale. Très, très bien!

Darhan décida d'installer sa couche près d'un grand pin assez éloigné du camp. C'était un endroit qui lui semblait sûr, où on aurait de la difficulté à le prendre de dos. Gekko était tout près de lui. Tout en caressant la crinière noire de l'animal, le garçon approcha sa bouche contre son oreille pointue.

– Mon ami, chuchota-t-il, ce soir, des hommes viendront pour m'assassiner. Hisham et Kian'jan sont au courant. À mon signal, ils viendront me porter secours. Mais, à aucun moment, je ne dois m'endormir. Je veux que tu veilles sur moi. Je veux que tu m'avertisses aussitôt que quelqu'un s'approchera. Je compte sur toi.

Le cheval regarda son maître en faisant tournoyer ses oreilles dans tous les sens. Darhan lui fit un petit sourire. Il s'étendit ensuite sur le sol en attendant l'heure fatidique. Son cœur battait très fort.

***

Hisham finissait une pièce de viande et rongeait l'os avidement. Kian'jan, tout près, regardait le feu d'un air absent.

– Tu ne manges pas? demanda le gros Perse à son ami.

– Non, je n'ai pas faim, fit Kian'jan.

– Il faut manger pour avoir des forces.

– Ce soir, il y aura beaucoup de violence.

– Peut-être, dit Hisham. En tout cas, moi, c'est *inch Allah*. Je remets mon âme entre les mains de Dieu.

– Tu as bien de la chance, répondit Kian'jan en le regardant.

– Est-ce que tu regrettes notre alliance avec notre commandant? lança le Perse. Si nous aidions Günshar dans son entreprise, le prince nous récompenserait.

– Ça ne m'intéresse pas du tout. Tu as vu cette peau de loup sur ses épaules? Il a treize ans et c'est un champion du jeu sacré des Mongols. Quelque chose me dit que ce garçon n'a pas croisé notre chemin sans raison.

– Je le pense aussi.

Hisham se leva et étira ses longs bras. Il vit, plus loin, Günshar assis sur un arbre renversé en compagnie de Tjougà et de G'jong. Les hommes discutaient tout en jouant aux dés.

– Regarde-moi ces trois-là en train de comploter en faisant semblant de s'amuser, grommela Hisham. Ils s'imaginent peut-être que nous ne nous rendons compte de rien? Ce sont des imbéciles! Crois-moi, nous n'en ferons qu'une bouchée.

– Justement, tout cela me semble trop évident, répliqua Kian'jan.

***

La nuit était déjà avancée, et Darhan, les yeux grands ouverts, caressait les plumes de l'aigle en observant les longues épines de l'arbre majestueux. Elles chantonnaient doucement, caressées par le vent. Le jeune paysan se serait endormi aisément au son de la douce berceuse, si ce n'avait été de son cœur qui ne cessait de battre fortement dans sa poitrine.

– J'aurais dû m'enfuir et laisser tout cela derrière, murmura-t-il. Qu'est-ce qui me fait rester ? Pourquoi est-ce que je tiens tant à les affronter ? Je suis devenu fou, c'est clair !

– Parce que, parfois, répondit une petite voix très rauque, la fuite n'est pas une solution, mon jeune ami.

Darhan sursauta et fouilla l'obscurité rapidement autour de lui.

– Qui a parlé ?

– C'est moi, dit encore la petite voix.

Darhan scruta les branches du grand pin et, chose incroyable, il aperçut le petit génie, celui-là même qui chapardait ses moutons ! Assis sur une branche à la cime de l'arbre, le petit bonhomme, haut comme trois pommes, regardait Darhan avec un large sourire. Il avait toujours cet immense casque de fourrure disproportionné par rapport à sa tête.

— Qu'est-ce que tu fais là, toi, voleur ? lança Darhan.

— Il m'appelle « voleur », le petit chenapan… Reste poli ! Ou ce n'est pas Günshar qui en finira avec toi, mais Djin-ko.

— Djin-ko… c'est quoi, ça ?

— C'est moi, fit le petit bonhomme toujours souriant sous sa longue moustache.

Darhan se leva et commença à grimper à l'arbre. Il alla de branche en branche et atteignit presque le sommet. Mais il ne put rejoindre Djin-ko qui, beaucoup plus léger, se tenait sur le bout d'une petite branche qu'agitait doucement le vent.

— Pourquoi n'y a-t-il aucune solution dans la fuite ? lui demanda Darhan entre les feuilles de l'arbre.

— Parce qu'elle nous mène toujours ailleurs, et qu'ailleurs, c'est toujours pareil.

— Alors j'aurais dû rester avec ma mère et mes sœurs.

— S'il avait fallu que tu sois avec ta famille, tu ne serais pas ici, n'est-ce pas ? Chaque chose arrive parce qu'elle doit arriver. Tout est écrit dans les étoiles.

Darhan, sur sa branche, sentait le vent qui caressait son visage. Il regarda tout d'abord les montagnes qu'ils avaient franchies, puis la plaine aux mille collines qui menait jusqu'aux rives du lac Baïkal. Il porta ensuite son regard sur la voûte céleste. Des milliards d'étoiles brillaient majestueusement dans le ciel.

– J'aimerais tellement comprendre ce qu'elles disent.

– Si tu avais connu ton père, il te l'aurait enseigné.

Le cœur de Darhan ne fit qu'un tour et il sursauta à tel point qu'il faillit perdre pied et tomber de l'arbre.

– Vous avez connu mon père? souffla-t-il en se retenant à une branche.

– Sois prudent, petit homme, tu pourrais te rompre le cou. Oui, j'ai connu ton père, poursuivit le génie. Et ton grand-père avant lui, et ton arrière-grand-père aussi. En fait, tous les paysans de la steppe me connaissent et, moi aussi, je les connais bien. Et tous les hommes de la steppe savent également qu'il ne faut pas m'empêcher de prendre des moutons lorsque j'ai faim! conclut Djin-ko en fronçant les sourcils.

Darhan esquissa un sourire gêné.

– Ma mère affirme qu'il est toujours vivant, et mon oncle affirme qu'il est mort.

– Ton oncle méchant a tort. Et ta mère amoureuse a raison.

– Alors, où est-il? Pourquoi nous a-t-il abandonnés?

– Sargö ne vous a pas abandonnés. Lorsqu'il s'est joint aux armées de Gengis Khān, il a rapidement été remarqué par le grand chaman, Tarèk, qui l'a pris à son service. Sa connaissance des étoiles et sa capacité à les reconnaître toutes étaient utiles au chaman pour l'aider dans ses invocations. Par contre, pendant les guerres de Chine, près de Pékin, Tarèk a été capturé par des seigneurs du royaume Jin qui étaient à la solde d'un très puissant sorcier appelé Zao Jong. Tarèk, en échange de sa liberté, a vendu ton père à Zao Jong, qui en a fait son esclave.

Darhan observait Djin-ko d'un air plutôt incrédule. Ses longs cheveux, soulevés par le vent, étaient balayés dans tous les sens. Il ne savait pas quoi penser de toute cette folie.

– Tu vois cette grosse étoile, là-bas? demanda Djin-ko.

Darhan reconnut l'étoile du nord.

– Oui, répondit-il. Je la connais. Elle est plus lumineuse chaque jour.

– Cette étoile, dit Djin-ko, n'est pas une étoile ordinaire. Elle se trouve juste au-dessus de la rive orientale du lac Baïkal, tout près d'une petite île où tu verras des centaines de phoques se prélasser sur ses flancs rocheux.

– Et alors?

– Tu dois aller la voir. Elle t'appelle. Tu le sais, n'est-ce pas?

Darhan acquiesça d'un petit signe de tête.

– Alors j'irai, fit-il d'un air décidé.

– Mais, en attendant, déclara Djin-ko, tu devrais peut-être t'occuper de ce qui se passe en bas.

En jetant un regard vers le sol, le garçon vit Günshar qui s'approchait du grand pin. Au pied de celui-ci, il se vit, lui, Darhan, qui dormait à poings fermés. Gekko, tout près, frappait la terre avec son sabot.

– Mais non! cria Darhan dans son arbre. Je ne dois pas dormir! Je ne dois pas dormir!

***

Gekko frappait le sol avec son sabot et Darhan, qui se réveilla enfin, se leva aussitôt. Il appuya son dos contre l'arbre et attendit Günshar. Il risqua un regard en haut, vers les branches, et constata que Djin-ko avait disparu.

« J'ai rêvé », pensa-t-il.

Dans la nuit, il parvint à distinguer la silhouette de Günshar. L'homme avançait d'un pas décontracté et n'avait pas pris la peine de sortir son épée. Darhan, lui, tenait fermement la sienne.

– On dirait que tu m'attends, dit Günshar.

– Tes manigances sont trop évidentes, répondit Darhan.

– Et qu'est-ce que tu vas faire, avorton ?

– Défendre ma peau coûte que coûte.

Günshar eut un sourire méchant. Il passa sa main dans ses longs cheveux noirs d'une manière arrogante.

– J'ai bien peur que tu n'aies aucune chance, ce soir.

– C'est ce que nous verrons, répliqua Darhan.

Un bruit se fit entendre dans le bois derrière. Darhan devina la lutte de plusieurs hommes. Mais cela ne dura pas longtemps et, bientôt, Hisham et Kian'jan apparurent en jetant par terre les corps inertes de Tjougà et de G'jong. À son tour, Darhan eut un sourire méchant en regardant Günshar.

– Il semble que tes plans ont été déjoués, lui lança-t-il.

– Assassin ! répliqua Hisham, le regard enflammé et le visage rougi par la colère. Par Allah, je me ferai un plaisir de te réduire en miettes.

Kian'jan ne parlait pas mais fixait Günshar d'un regard soutenu. Il semblait prêt à bondir à tout moment. L'assassin avait perdu son air décontracté. Il avait reculé de quelques pas et avait mis sa main sur le pommeau de son épée.

– Tu ferais mieux de te rendre, fit Darhan. Si tu évites le combat, tu auras la vie sauve.

Günshar se mit à rire.

– Me rendre ! Tu voudrais que je me rende, avorton ? Toi et tes deux énergumènes me faites bien rire ! C'est vous qui, dans quelques instants, allez me supplier de vous laisser la vie !

– Tu vas voir qui c'est, l'énergumène ! cria Hisham en s'avançant vers Günshar.

Le gros Perse leva les bras très haut en serrant les poings. Mais avant qu'il n'ait pu atteindre Günshar, deux flèches se plantèrent violemment dans son dos. Son visage grimaça et s'empourpra sous la douleur. Ses deux bras retombèrent de chaque côté de son corps, puis il s'effondra sur le sol.

Darhan, décontenancé, chercha d'où provenaient les flèches. Il vit plusieurs hommes sortir du bois. Ils étaient de petite taille et portaient, sur le dos, des peaux aux poils longs et tachetés. Sur la tête, ils avaient des casques de cuir surmontés de bois de cerf.

Le jeune guerrier voulut prendre ses jambes à son cou. Mais il fut saisi par quatre mains qui le poussèrent et l'appuyèrent contre le grand arbre. C'étaient les hommes des montagnes. Ces barbares vivaient la nuit et n'avaient jamais prêté allégeance à l'empereur. En fait, Gengis Khān ne s'intéressait pas à eux, les considérant comme une force négligeable et mal organisée. On les surnommait les « hommes-cerfs ».

Darhan tenta d'échapper à la poigne des hommes, mais ils étaient beaucoup trop forts, et il dut rapidement se résigner.

— Alors, petit malin ! dit Günshar en s'approchant de lui. Qui, maintenant, peut disposer de la vie de l'autre ? Toi ou moi ?

Darhan tourna la tête, mais l'assassin le gifla.

— Je t'ai posé une question, sale paysan ! C'est toi ou c'est moi ?

— C'est toi, répondit péniblement Darhan, qui avait du mal à respirer sous l'énorme pression qu'exerçaient les hommes-cerfs sur sa poitrine.

— Qui est le plus fort ? !

— C'est toi, répéta Darhan.

— C'est qui ? demanda l'assassin en approchant son visage de celui de Darhan.

— C'est Günshar.

– Oui, c'est ça, avorton. C'est Günshar le plus fort.

Les hommes-cerfs plaquèrent Darhan au sol. Günshar se mit à califourchon sur son dos et lui arracha sa peau de loup.

– Pendant deux années, Günshar a été le champion de Tugiin de tout l'Empire. Pendant deux ans, aucun homme n'a su me devancer ni me battre. Mais il a fallu qu'un enfant vienne me ridiculiser. Tu apprendras, petit malin, que le jeu de Tugiin, avec moi, ne dure pas seulement un après-midi. Le jeu de Tugiin, avec moi, ça dure toute la vie! Et aujourd'hui, j'ai encore gagné!

Günshar éclata de rire. Pendant ce temps, les hommes-cerfs remirent Darhan sur ses pieds. Le jeune guerrier, dans la fraîcheur de la nuit, n'avait maintenant sur le dos qu'un petit gilet de laine troué. Il grelottait. Il leva les yeux sur Günshar et le vit enfiler la peau de loup.

– Que vont penser les autres, à Karakorum, dit Darhan, quand ils verront que tu m'as volé mon trophée? Que dira maître Djebe?

– Maître Djebe est un vieil imbécile! À l'heure qu'il est, Gengis Khān l'a sûrement mis à la retraite. Et en ce qui te concerne, tu ne devrais pas te soucier du qu'en-dira-t-on, car dans peu de temps que tu ne seras plus là et on t'oubliera.

Darhan, toujours maintenu par les bras puissants des hommes des montagnes, sentit les larmes lui monter aux yeux. Mais il les retint, car il se jura à ce moment-là qu'il n'allait pas pleurer devant Günshar. Il n'allait pas faire rire les hommes avec ses pleurs.

Ce n'était pas tant la mort que l'idée de ne plus revoir sa famille qui le bouleversait ainsi. C'était de laisser sa mère et ses sœurs prisonnières d'Ürgo pour toujours et de constater de quelle façon abrupte tout finissait sans qu'il ne puisse rien y faire.

– Alors, tu vas me tuer? demanda-t-il, un trémolo dans la voix. Tu vas m'assassiner comme un lâche! On t'a bien payé pour ça?

– Oh! oui, on m'a bien payé! répondit Günshar dont les yeux s'illuminèrent. Mais pas pour t'assassiner. On m'a payé pour te ramener à Dötchi, prince de l'Empire. On m'a payé pour te ramener dans les catacombes du palais royal. Et, crois-moi, avorton, si tu savais ce qui t'attend là-bas, tu me supplierais d'abréger tes jours immédiatement.

Les hommes des montagnes attachèrent Darhan avec une corde. Ils le hissèrent ensuite à plat ventre sur le dos d'un cheval.

– Et alors, ce Tangut, vous l'avez trouvé? lança Günshar à deux hommes-cerfs qui venaient d'arriver, essoufflés.

– Non, souffla l'un d'eux entre deux longues respirations. Il s'est volatilisé. Et pourtant, nous connaissons bien ces collines.

– Bah ! fit Günshar en donnant un coup de pied à Hisham qui gisait toujours sur le sol, cet imbécile de Kian'jan va se perdre et retourner à l'état sauvage. Ce n'est pas un problème.

Il s'approcha de Tjougà et de G'jong assis par terre un peu plus loin. Les deux jeunes hommes se frottaient la tête. Hisham et Kian'jan les avaient assommés, et ils reprenaient lentement leurs esprits.

– Alors, patron, demanda Tjougà à Günshar, nous l'avons eu, ce satané commandant ?

– Oui, nous l'avons eu, répliqua Günshar. Mais ce n'est pas grâce à vous deux !

– Il faut reconnaître qu'il a une sacrée frappe, ce Perse, dit G'jong qui tâtait une bosse derrière sa tête.

– C'est à cause de sa religion qu'il est si fort, assura Tjougà. Il me l'a dit l'autre soir.

– Il faut que je change de confession, soupira G'jong.

– Allez ! relevez-vous, imbéciles, aboya Günshar. Nous partons.

Quelques hommes s'en allèrent à pied en tirant le cheval sur lequel était couché Darhan. Günshar, lui, chevauchait tout près d'un air satisfait. D'autres hommes s'étaient emparés du chariot des prisonniers.

— Nos nouveaux esclaves, avait déclaré l'un d'eux.

Darhan, à plat ventre sur la bête, releva la tête tandis qu'ils prenaient la direction des Montagnes noires. Il regarda un peu partout. Il ne vit aucune trace de Gekko qui, tout comme Kian'jan, avait pris la fuite.

CHAPITRE 12

Les grandes amitiés

Kian'jan s'était sauvé comme un fauve. À peine son ami Hisham avait-il été touché par les flèches qu'il s'était mis à courir aussi vite qu'il avait pu. Il avait descendu une colline boisée puis, après avoir traversé un ruisseau, il avait grimpé rapidement au sommet d'un grand pin. À plusieurs reprises, il avait vu les deux hommes à sa poursuite passer et repasser. Mais eux ne l'avaient pas repéré. Aussi avait-il pu passer le reste de la nuit paisiblement.

Il ne descendit de l'arbre qu'une fois le jour complètement levé. Il retraversa le ruisseau, puis remonta la colline. Lorsqu'il revint sur le lieu des événements de la nuit, il ne trouva sur place que le corps inerte de Hisham, avec les deux flèches plantées dans son dos.

— Hisham! dit Kian'jan en s'approchant du Perse. Qu'est-ce qu'ils t'ont fait?

Il s'agenouilla près du corps et tenta de le retourner.

– Arrgh ! cria Hisham en relevant la tête.

– Tu n'es pas mort ! fit Kian'jan.

– Non, je ne suis pas mort, je fais la sieste. Fais attention, ça fait mal. Ces satanées flèches sont bien plantées !

– J'étais sûr qu'ils t'avaient assassiné et que tu avais rejoint le pays de tes ancêtres.

– Non, je n'ai pas rejoint le paradis, répondit Hisham avec sa grosse face barbue qui grimaçait. Je suis couché à plat ventre sur le sol et j'ai des fourmis qui sont en train de coloniser mes pantalons. Tu ne pourrais pas faire quelque chose ?

Kian'jan tâta les flèches un moment. Il déchira le vêtement de Hisham, puis sortit une petite pochette de cuir d'un sac qu'il portait à la taille. Il étendit une poudre grise à l'endroit où étaient plantées les deux flèches. Avec sa salive, il humecta la poudre qui devint comme une petite pâte qu'il pétrit autour des blessures.

– Ahh ! s'exclama Hisham avec soulagement. C'est froid. Ça fait du bien !

– Oui, dit Kian'jan. Mais il va falloir que tu t'accroches.

Il mit un bâton dans la bouche du Perse, puis, d'un geste sec, il retira les deux flèches enfoncées dans la chair. Hisham grogna violemment en enfonçant ses doigts dans le sol.

Du sang apparut dans sa bouche tellement il avait serré les mâchoires. Lorsqu'il se releva, il regarda son ami et cracha deux dents sur le sol.

– Toujours en vie, lança-t-il. Mais avec deux dents en moins. Günshar me le paiera !

Kian'jan regarda en direction des Montagnes noires.

– Qu'est-ce qu'il veut à Darhan ? demanda-t-il. Tu le sais, toi ?

– Pendant que j'étais sur le sol, expliqua Hisham, je ne pouvais pas bouger, mais j'ai tout entendu. Günshar a été payé pour capturer Darhan et le ramener au prince.

Kian'jan, qui connaissait Dötchi, eut une grimace de dégoût.

– Si Günshar le ramène à Karakorum, notre jeune commandant connaîtra une fin atroce.

– Alors nous devons le sauver, déclara Hisham, avant qu'il ne finisse en petits morceaux dans la friture.

Kian'jan observait les centaines de pics sombres qui s'élevaient dans le ciel.

– Comment retrouver ces hommes des montagnes ? Nous ne connaissons pas cette région et nous ne sommes pas des pisteurs. Nous allons tourner en rond et perdre notre temps.

Un son se fit entendre derrière eux. Sur la route, au loin, surplombant les collines, ils aperçurent un cheval qui approchait au trot. Il s'agissait d'un cheval noir qu'ils reconnurent aussitôt. C'était Gekko. Il s'avançait vers les deux hommes l'encolure droite, le poitrail bombé. Il hochait légèrement la tête d'en avant en arrière. Il posa sur eux un regard profond.

***

Luong Shar se tenait sur la terrasse de son pavillon. Les cages, dans la cour, étaient vides pour la plupart, sauf quelques-unes dans lesquelles se morfondaient quelques prisonniers en attente de jugement. Le vieil homme, torse nu, portait un pantalon de lainage fin. Ses longs cheveux blancs lui descendaient sur les épaules. Il semblait ne pas ressentir le froid de cet automne. D'une main assurée, il arrosait les fleurs qui poussaient autour de sa maison.

— Tenez, mes petites chéries. Voilà une dernière floraison avant l'hiver. Bientôt le gel vous endormira et nous nous retrouverons au printemps.

— C'est un vieux fou ou un vieux sage qui discute avec ses fleurs ? demanda une voix derrière lui.

En se retournant, Luong Shar reconnut, monté sur son cheval, son vieil ami Djebe.

– Mon ami ! s'écria Luong Shar. Voilà longtemps que je ne t'avais pas vu. Pour répondre à ta question, il s'agit, sans doute, de l'un comme de l'autre. Fou ou sage, je ne le saurai jamais.

– Eh bien, moi, je le sais : mon ami est un sage !

Djebe sauta en bas de sa monture et serra Luong Shar dans ses bras. Il fut surpris de sentir le corps frêle de son ami qui n'offrit aucune résistance, se laissant aller comme un enfant contre son armure.

– Tu n'as pas l'air dans ton assiette, dit Djebe en regardant sa poitrine rachitique.

– J'ai été très malade, répondit Luong Shar. Viens t'asseoir, nous allons prendre le thé.

Assis sur des tapis disposés sur la petite terrasse de bois du pavillon, les deux hommes regardaient la vieille Koti qui leur servait le thé.

– Bientôt, déclara Luong Shar, la neige recouvrira la plaine. La vie ne sera plus qu'un souvenir, mon ami. Nos cœurs froids vont errer jusqu'au printemps.

– Au printemps, fit Djebe, nous aurons pris Samarkand. Si tout se passe bien.

– Si tout se passe bien ?

– Oui, en effet : si tout se passe bien. La neige est déjà abondante dans les monts de l'Altaï, et les différents passages sont enneigés. Mais Gengis Khān veut que nous partions quand même. Alors nous traverserons le désert de Taklamakan.

– C'est une longue route. Qu'est-ce que tu en penses ?

– L'empereur a parlé ; je ne dois pas penser, mais agir. Nous allons nous battre et vaincre les Perses.

– Tu n'as pas changé, dit Luong Shar. Un vrai général !

– Mais toi, tu me sembles mal en point.

Luong Shar regarda longuement autour de lui, comme s'il avait peur qu'on l'écoute. Puis il se rapprocha de Djebe et lui souffla :

– On a attenté à ma vie.

– Qu'est-ce qui te fait croire ça ?

– J'ai été très malade ces derniers jours. Heureusement, Koti m'a guéri. Mais elle affirme que j'ai été empoisonné.

– Qui donc voudrait t'empoisonner ?

– Et qui donc oserait commettre un acte aussi lâche ? lança Luong Shar.

– Dötchi ! répondit Djebe du bout des lèvres.

Luong Shar acquiesça de la tête. Djebe serra les poings et son visage se durcit.

– Qu'est-ce qui peut pousser Dötchi à vouloir te faire assassiner ?

– Lui seul le sait. Sans doute pour étendre un peu plus ses pouvoirs et éviter une mutinerie lorsqu'il accédera à la tête de l'Empire.

Le général approuva cette hypothèse. Ils virent Ogankù pénétrant dans l'enceinte de la prison. Les deux mains tenant la bride de son cheval, le sergent baissa la tête en signe de respect envers Luong Shar.

– Je dois y aller, s'excusa Djebe. Mon sergent vient me rappeler à l'ordre. Nous avons beaucoup de travail avant la guerre et très peu de temps pour entretenir nos amitiés.

– Ne t'en fais pas, dit Luong Shar. J'ai été content de te voir, mon ami.

Djebe se dirigea vers sa monture. Luong Shar le suivit.

– Tu veux que je laisse quelques hommes pour te protéger ? lui demanda le général en prenant place sur son cheval.

– Non, Djebe. Je ne risquerai pas une guerre ouverte avec ce prince. Il y verrait une provocation. Je suis trop vieux, et lui, très jeune. Au jeu de la force, je perdrais sûrement. Mais un vieux fou comme moi a plus d'une corde à son arc. Avec Koti, nous nous en sortons très bien.

– Tant mieux, fit Djebe en conservant un air soucieux. Dis-moi... tu as rencontré le garçon que je t'ai envoyé ?

– Oui, répondit Luong Shar. Mais j'étais sous l'effet du poison et je n'ai pas pu m'occuper de lui. C'est Souggïs, mon élève, qui l'a envoyé pour sa mission vers le lac Baïkal. Malheureusement, je crains bien qu'il ne soit maintenant à la solde de Dötchi. Je l'ai renvoyé ce matin en lui disant que je n'avais plus besoin de ses services.

– Tu t'es fait un nouvel ennemi.

– À l'âge que j'ai, répliqua le vieil homme, il y a longtemps que j'ai perdu le compte de ceux qui ne m'aiment pas.

Djebe pesta un moment.

– Notre prince travaille sur plusieurs fronts... Mais il verra que, même si la pieuvre a plusieurs bras, il nous restera toujours une épée pour lui couper ses vilains tentacules.

– Tu es au courant pour le prince Ögödei ? demanda Luong Shar. Il paraît que Gengis Khān l'a fait revenir de l'Indus.

– Oui, je le savais.

– Qu'en penses-tu ?

– La même chose que toi, dit Djebe.

Le vieux général et le sergent Ogankù partirent au galop. Ils quittèrent rapidement la ville et se dirigèrent vers le camp d'entraînement.

Dans quelques jours, les Tangut allaient se joindre à eux et tous les préparatifs pour la guerre seraient complétés. L'hiver s'annonçait long et difficile.

***

La journée tirait à sa fin. Hisham et Kian'jan avançaient sur des pistes inconnues dans les Montagnes noires. Ils n'avaient aucune idée du chemin qu'ils suivaient. Mais ils laissaient Gekko les guider par cet instinct qui le ramenait à son maître.

– Quel cheval étrange ! s'exclama Hisham. Je n'ai jamais vu une bête pareille. Elle nous laisse monter sur son dos et nous guide à travers les montagnes comme si elle comprenait que nous allons à la rescousse de son maître !

– Je pense que Gekko comprend, en effet. Ce Darhan n'a pas fini de nous étonner.

– Tant mieux, dit Hisham. Et j'espère que ce n'est que le début parce que je n'ai pas envie de finir dans une marmite, dévoré par des barbares.

À chaque intersection, parmi les pistes centenaires des Montagnes noires, Gekko reniflait pour chercher l'odeur de son maître. Cette odeur lui indiquait toujours le chemin à emprunter.

Sur une piste étroite et rocheuse, tout en haut d'une petite butte recouverte de conifères, Hisham et Kian'jan virent sur le sol le corps d'un homme. Ils reconnurent Tjougà, recroquevillé sur lui-même, se tenant le ventre avec ses mains pleines de sang.

Hisham et Kian'jan descendirent de Gekko et s'approchèrent prudemment. Lorsqu'ils virent, un peu plus loin, le corps de G'jong transpercé de flèches, gisant également par terre, ils comprirent qu'un drame effroyable s'était joué ici.

– Tjougà! cria Hisham en se penchant sur le jeune homme. Mais qu'est-ce qui s'est passé?

Tjougà, le visage tordu par la douleur, éprouva un peu d'apaisement lorsqu'il reconnut le visage du gros Perse.

– G'jong…, soupira-t-il péniblement. Où est G'jong?

– Il veut son ami, dit Hisham à Kian'jan.

Ce dernier alla chercher le corps de G'jong et le tira jusqu'à son jeune ami, mortellement blessé.

Tjougà mit sa tête sur la poitrine de G'jong, dont le visage livide et les yeux renversés indiquaient qu'il était mort depuis un moment, déjà.

Hisham caressa la tête de Tjougà, qui commençait à fermer les yeux.

– Mais qu'est-ce qui s'est passé? répéta le Perse. Qu'est-ce qu'ils ont fait?

Tjougà eut un léger sourire.

– En marchant vers le repère des hommes-cerfs, G'jong et moi avons fini par comprendre que Günshar nous avait vendus comme esclaves. Nous avons voulu nous défendre et…

Tjougà toussa et du sang noirci sortit de sa bouche. Il approcha son corps de celui de G'jong qu'il serra dans ses bras. Une larme coula sur la joue du jeune homme.

– Pardon, finit-il par dire. Günshar nous avait promis de l'argent.

Tjougà ferma les yeux complètement et s'endormit à jamais aux côtés de son ami G'jong, son frère. Ensemble, ils avaient grandi dans les rues de Karakorum en chapardant et en arnaquant les marchands. Ils avaient rejoint l'armée dans l'espoir d'une vie meilleure, tentant du mieux qu'ils pouvaient de survivre dans un monde sauvage. Aujourd'hui, cette sauvagerie les avait cruellement rattrapés.

Hisham et Kian'jan se relevèrent, très ébranlés.

– Günshar est un fou! s'écria le Perse. Quel maléfice peut conduire un homme à une trahison pareille?

– Le cœur des hommes a des raisons parfois si obscures qu'il peut donner des frissons, dit

Kian'jan. Allez, mon ami, il faut partir. Nous perdons du terrain sur nos ennemis.

– Pas question de laisser ces deux garçons se faire dévorer par les charognards, répondit Hisham. Je veux les enterrer.

– Nous allons perdre du terrain.

– Je m'en moque ! Si je ne les enterre pas, le visage tourmenté de Tjougà me poursuivra pour l'éternité.

***

Ils mirent quelques heures à enterrer les corps de Tjougà et de G'jong. Après une prière de Hisham, ils reprirent leur route. La nuit tomba aussitôt.

Gekko continuait instinctivement son chemin dans le noir ; son flair lui permettait de ne jamais quitter la piste. Après une heure environ, ils eurent la surprise de voir, au loin, une immense muraille illuminée par des centaines de feux. Ils étaient arrivés au village des hommes-cerfs. Ceux-ci habitaient sur le flanc d'une montagne rocheuse. Chaque lumière, qui se trouvait ainsi à une hauteur vertigineuse, émanait des différentes grottes creusées le long de l'énorme paroi.

Hisham et Kian'jan en eurent le souffle coupé. Ils s'empressèrent de mettre pied à terre et s'enfoncèrent dans la forêt pour ne pas rester à découvert. Après avoir trouvé l'endroit idéal pour observer le village, ils évaluèrent la situation.

— Il doit y avoir une centaine de grottes, fit remarquer Hisham. Autant de chemins pour s'y rendre. Comment trouver le commandant ?

— Très bonne question, dit Kian'jan dont le regard perçant scrutait la nuit. Tu as vu ces hautes tours de bois qui se dressent un peu partout ? Ce sont des tours de garde construites à flanc de montagne. C'est incroyable !

— Nous aurons à peine fait quelque pas que nous serons déjà à découvert. Les gardes vont nous abattre comme des lapins.

— Il fait noir, tout de même, nota Kian'jan. Ils ne nous verront pas si facilement.

— Peut-être que toi, tu peux avancer furtivement, à plat ventre, rétorqua le gros Perse en regardant son frêle ami, mais moi, j'aurai l'air d'un ours perdu en pleine campagne. Et si jamais nous arrivons au pied de la montagne, où irons-nous ? Il y a des dizaines de routes qui mènent jusqu'en haut et il doit y avoir un millier de personnes qui vivent sur cette paroi.

— En effet, nous serons rapidement interceptés. Il faut trouver un autre chemin.

– Tu penses à quoi? demanda Hisham.

– Si nous ne pouvons prendre notre ennemi de face, il faut le contourner.

– Ça veut dire quoi, ça?

– Ça veut dire que nous allons escalader la montagne par le côté.

– Ça va nous prendre des heures.

– Tu vois une autre solution?

– Non, admit le Perse.

Kian'jan regarda attentivement chaque côté de la montagne, évaluant les différentes pistes à suivre.

– La montagne est orientée vers le nord, déclara-t-il. D'après ce que je peux voir, le côté ouest semble le plus facile à escalader.

– Jusqu'où? fit Hisham.

– Jusqu'en haut.

– Pourquoi?

– Dans une hiérarchie, où se trouve habituellement le chef?

– En haut, répondit le Perse.

– Et voilà! s'exclama Kian'jan. Si Günshar et Darhan passent la nuit dans le village, ils la passeront dans la grotte du chef, j'en suis persuadé. Et je parierais gros que c'est cette immense grotte tout en haut, où brûle un grand feu.

– D'accord, allons-y. Et s'ils ne sont pas dans la grotte?

– Nous aurons au moins tenté quelque chose, dit Kian'jan en haussant les épaules.

Les deux compagnons partirent à la course vers le côté ouest de la montagne, laissant Gekko derrière eux.

– Tu t'y connais en escalade ? demanda Hisham à son compagnon. Parce que, moi, je te préviens, j'ai grandi dans la steppe.

– Et moi, dans le désert de Gobi ! riposta Kian'jan en poursuivant sa route.

CHAPITRE 13

Les hommes-cerfs

Darhan était attaché par les poignets et les chevilles. Le dos appuyé contre le mur d'une énorme grotte, il regardait Günshar, assis tout près d'un homme aux yeux de poisson et au corps éléphantesque. C'était le chef des hommes-cerfs. Il ne pouvait sortir de sa grotte que transporté par ses guerriers tellement il était gros. De la chair flasque et grasse sortait de ses vêtements en peaux d'animaux. En tant que chef, la coutume voulait qu'on l'engraisse pour montrer aux dieux qu'on était une tribu prospère. Il semblait, à voir le gabarit du chef Obakou, qu'à leur manière les hommes-cerfs étaient des gens prospères.

Tout en déchiquetant une pièce de viande rôtie, le chef obèse discutait avec le sbire de Dötchi.

– Il y avait longtemps qu'on n'avait pas vu Günshar dans les parages, déclara-t-il de sa grosse voix qui résonnait dans la caverne.

– Obakou est trop bon de m'accorder encore cette reconnaissance, répondit Günshar. Si mes coutumes ont changé avec le temps, mon cœur, lui, est toujours resté dans les Montagnes noires.

– Le cœur de Günshar semble aller là où ça l'arrange le plus, dit le gros chef en mastiquant sa viande.

– Le Grand Khān récompensera comme il se doit la tribu des hommes-cerfs.

– Il y a longtemps qu'Obakou n'attend plus rien de Gengis Khān. Pour lui, nous ne sommes que de piètres combattants, incapables de l'aider à assouvir sa soif de conquêtes. Si nous t'avons aidé, c'est qu'il y avait des esclaves en jeu. L'argent ne sert à rien dans les montagnes.

– Je suis heureux que notre arrangement te convienne.

– Les quatre hommes qui nous intéressaient sont morts ou ont disparu ! Il ne reste plus qu'une caravane remplie d'individus malades et chétifs. Alors ne te réjouis pas trop vite de notre arrangement ; je n'en ai pas fini avec toi.

Pendant cette discussion, Darhan n'avait pas quitté Günshar des yeux. Il sentait que l'homme commençait à devenir nerveux. Plusieurs guerriers, coiffés de bois de cerf, se tenaient dans la grotte du chef.

— Ce garçon est bien précieux pour qu'on mette autant d'énergie à le ramener à Karakorum, lança Obakou en regardant Darhan.

— Il a une valeur inestimable, ô grand chef! affirma Günshar.

— C'est ce que je commence à comprendre, répondit l'obèse. Qu'on me l'amène!

Günshar se leva. Il sentait que les choses commençaient à lui échapper. Obakou l'exhorta à se rasseoir d'un geste de la main. Ce qu'il fit sans discuter.

Pendant ce temps, deux hommes s'étaient saisis de Darhan et l'avaient conduit au grand chef. On avait coupé les liens qui enserraient ses chevilles afin qu'il puisse se tenir debout.

— Petit homme, dit Obakou à Darhan, tu es un soldat des armées de l'Empire. Je le vois à ton armure, à ton casque et à ton épée que mes hommes ont rapportés. Qu'est-ce qui t'a amené dans nos montagnes?

— J'ai été mandaté par Luong Shar, grand gardien des prisons de Karakorum, pour amener un convoi de prisonniers aux mines de fer du lac Baïkal.

— Nous avons une entente avec l'Empire pour laisser passer les convois et nous la respectons depuis des lunes, assura Obakou. Ce que je ne comprends pas, c'est la raison de tout ce secret à ton sujet… L'empereur n'avait qu'à envoyer un détachement de ses soldats et c'en était fait de toi. Pourquoi sacrifier toute une compagnie et m'offrir des esclaves ?

Günshar se leva de nouveau. Il parla d'une voix mal assurée :

— Tu vas écouter les paroles d'un traître, ô Obakou ?

— Obakou n'a pas peur des paroles d'un jeune garçon, rétorqua le chef en regardant sévèrement Günshar. C'est son droit d'entendre qui il veut !

Günshar baissa le regard en signe de respect. Mais, déjà, son esprit travaillait avec acharnement pour trouver une solution à cet imbroglio. Darhan crut qu'il avait une chance de s'en sortir en disant la vérité sur cette histoire.

— Ce n'est pas le Grand Khān qui me recherche, mais son fils Dötchi, qui veut me faire assassiner pour une dette d'honneur. Je suis envoyé par Luong Shar sur une recommandation du général Djebe. Le prince n'a pas intérêt à en faire une affaire publique.

Obakou regarda Günshar avec ses gros yeux de poisson. Il bougea lentement la tête de gauche à droite.

— Günshar a menti, dit le grand chef.

— C'est un traître ! s'écria Günshar en pointant Darhan du doigt.

— Obakou est le fils du dieu de la montagne et il sait reconnaître la vérité. La vérité, elle sort de la bouche du garçon. Toi, tu es un menteur !

Plusieurs hommes s'approchèrent de Günshar pour s'en saisir. L'envoyé de Dötchi sortit son épée, bien décidé à vendre chèrement sa peau. Le grand Obakou leva la main pour les arrêter.

— Ne nous battons pas entre frères, lança-t-il d'une voix puissante. Ceci est la demeure du fils du dieu de la montagne. Günshar est l'un des nôtres et il fera selon la volonté d'Obakou.

Günshar rangea son épée et les hommes reculèrent.

— Puisque Dötchi tient tant à ce jeune garçon, poursuivit le grand chef, je vais le garder ici. Günshar parlementera en notre nom auprès de lui. Puisqu'il ne veut pas ébruiter l'affaire auprès de son père et du général Djebe, le jeune prince n'aura d'autre choix que de négocier !

Obakou se mit à rire, satisfait de ce nouvel arrangement qui, espérait-il, allait apporter de nombreux esclaves et des armes à ses guerriers.

***

Le vent fouettait le visage de Hisham qui, appuyé contre la paroi rocheuse, enfonçait ses doigts entre les pierres pour ne pas tomber. Il était juché à plus de cinquante mètres. Plus haut, Kian'jan, tel un chat, continuait à grimper comme si c'était la chose la plus naturelle du monde. Pour le gros Perse, c'était une autre histoire : à plusieurs reprises, il avait perdu pied à cause des pierres qui cédaient sous son poids.

– C'est fini, hurla-t-il à Kian'jan. Je n'avance plus !

– Nous avons fait plus de la moitié du chemin ! cria son compagnon. Bientôt, nous serons au sommet.

– Je n'en peux plus, dit Hisham, à bout de souffle.

– Tu ne vas pas redescendre ?

– Non, répondit le Perse. Je vais me laisser tomber d'épuisement et je vais aller m'écraser sur le sol.

Kian'jan, agrippé d'une seule main, regardait son ami, plus bas.

– Qu'est-ce que tu racontes ? Allez, encore un effort !

– Non !

– Comment, non ?

– J'ai peur…

– Tu as peur ?

– Oui. J'ai le vertige, je suis malade. J'ai la tête qui tourne, je vais mourir !

– Le vertige ! Mais il fallait le dire avant de grimper !

– Je ne le savais pas. Je n'avais jamais grimpé avant.

Kian'jan redescendit le long de la paroi et alla rejoindre Hisham.

– Tu ne vas pas rester ici. Qu'est-ce que tu vas faire ?

– Je ne sais pas.

– Pense à ton dieu.

– À Allah ?

– Oui, pense à Allah. Fais ta prière. Il te donnera la force.

Hisham se concentra très fort et il devint tout rouge. Sa respiration s'accéléra.

– *Allahou ak-bar !* finit-il par dire, au grand soulagement de Kian'jan.

Et les deux hommes poursuivirent leur ascension le long de la paroi rocheuse. Ils parvinrent au sommet grâce à la finesse de Kian'jan, et à la volonté d'Allah, bien sûr.

***

Tout au fond de la grotte, le grand chef Obakou ronflait parmi les épais coussins et les couvertures. Sa couche était faite à la manière d'un lit à baldaquin. La structure était constituée d'os d'animaux, polis et cirés. On y avait tendu des peaux d'ours aux poils luisants. Elles devaient protéger le chef contre les mauvais esprits qui pouvaient troubler son sommeil.

Darhan, qu'on avait libéré de ses liens, était enfermé dans une petite cage aux barreaux de bois plantés dans le sol. Pas très loin, Günshar était étendu sur une couverture.

L'homme ne dormait pas. Le regard fixé au plafond de la grotte, il contemplait la lueur du feu qui dansait avec les ombres des stalactites. Il s'était fait prendre à son propre jeu et cherchait une manière de s'en sortir. Mais chaque fois que son esprit faisait un tour complet de la situation, il tombait dans des abstractions impossibles à résoudre. Il était désespéré.

– Tu semble soucieux, Günshar !

L'homme se retourna sur sa couche et vit Darhan qui le regardait, la tête entre les barreaux.

– Tu ferais mieux de te préoccuper de toi-même, dit-il. Tu n'es pas plus avancé. De toute façon, tu finiras chez le prince.

– C'est ce que tu vas faire ? demanda le jeune guerrier. Tu vas me laisser à cet imbécile d'Obakou ? Qu'arrivera-t-il lorsque tu te présenteras chez le fils du Grand Khān pour négocier les demandes de cet obèse ? Tu le sais trop bien. Et c'est ce qui te tourmente. Dötchi va te faire couper la tête !

Günshar se glissa lentement jusqu'à Darhan en faisant attention de ne pas réveiller les gardes qui sommeillaient.

– On dirait que t'as une idée derrière la tête, toi.

– Libère-moi, fit Darhan. Fuyons ensemble ! Dötchi supportera mieux un échec de ta part que l'idée de devoir négocier les demandes de l'autre.

– Si nous essayons de nous enfuir, riposta Günshar, nous serons rapidement interceptés. Il faut descendre par un dédale de chemins qui mènent à des dizaines de grottes remplies de guerriers.

– Ça ne me fait pas peur, assura Darhan.

– Nous risquons notre vie.

– Tant que je suis dans cette cage, je suis comme mort. Et tant que je reste ici, ce n'est qu'une question de temps avant que tu le sois aussi. J'aime mieux perdre la vie à essayer quelque chose. Pas toi ?

Günshar regarda Darhan un moment.

– Tu as la belle part, petit malin, déclara-t-il. Toi, tu t'enfuis. Mais, pour moi, c'est toujours un échec.

– Lorsque nous serons en bas, tu auras toujours la possibilité de m'affronter, répondit

Darhan avec un éclair dans les yeux. Tu pourras me ramener au prince en cas de victoire.

L'esprit de Günshar fonctionnait à plein régime. La proposition du petit guerrier était hasardeuse. Mais c'était, en effet, la seule manière d'arracher Darhan aux mains d'Obakou et de ses hommes-cerfs. Il allongea le bras et fit glisser le bâton qui servait de loquet à la cage. Darhan vit instantanément sa chance et ne la manqua pas.

Il fit tomber la porte d'un puissant coup de pied. Celle-ci alla s'écraser contre le nez de Günshar qui tomba par terre.

– Allez, Günshar! cria Darhan en sortant de la cage. Fuyons!

Günshar se leva péniblement en tenant son nez qui saignait. Darhan fit quelques pas, mais il dut s'arrêter; deux gardes, réveillés par le bruit, brandissaient leurs lances.

Ils voulurent piquer Darhan, mais celui-ci, dopé à l'adrénaline, fut plus rapide. Il esquiva chacun des coups des deux hommes. D'un croche-pied, il en fit tomber un violemment sur le sol. Il lui arracha ensuite sa lance des mains, puis frappa avec le manche dans le ventre de l'autre qui se plia en deux sous l'impact.

Günshar, médusé, regardait Darhan. Tout s'était déroulé en une fraction de seconde.

Il avait à peine levé les yeux que le petit guerrier avait déjà neutralisé les deux gardes.

– Tu as intérêt à te réveiller, champion! dit Darhan en regardant avec un sourire ironique la peau de loup sur les épaules de Günshar. Une fois en bas, je ne te laisserai aucune chance!

Obakou avait été tiré du sommeil par les bruits de combat dans sa grotte. Mais il était trop gros pour se lever seul de son lit et même incapable de relever la tête. On voyait ses deux immenses bras aux bourrelets saillants qui s'agitaient parmi les fourrures et les coussins. De sa grosse voix, il criait:

– À la garde! À la garde! Le prisonnier s'est libéré!

Deux autres gardes arrivèrent en courant dans la grotte. Ils furent aussitôt assommés par le puissant coup de manche entre les yeux que leur asséna Darhan.

Le jeune guerrier, accompagné de Günshar qui tenait toujours son nez, s'enfuit vers la sortie. Mais aussitôt fut-il à l'extérieur qu'il reçut, à son tour, un violent coup à la figure. Il vit le paysage se mettre à tourner à une vitesse folle, puis il s'effondra sur le sol.

– Oups! mon commandant! entendit-il avant de perdre connaissance.

**

Une voix le réveilla. Il vit, dans son esprit confus, le visage de Kian'jan qui le fixait.

– Pardon, mon commandant, disait le Tangut. Je croyais qu'un ennemi s'en venait vers moi.

Le jour se levait. Dans le ciel, des nuages gris avançaient rapidement, poussés par un vent glacial. Darhan se releva d'un coup sec et regarda Kian'jan.

– Qu'est-ce que tu fais là?

– Nous sommes venus te sauver.

En tournant la tête, Darhan vit Hisham qui tenait Günshar par la gorge. Celui-ci se débattait comme un pauvre diable, le visage rouge sous la pression de la grosse main du Perse.

– Salaud! tonnait ce dernier. Tu vas payer pour G'jong et Tjougà! Je vais t'étrangler jusqu'à ce que les yeux te sortent de la tête!

– Hisham! cria Darhan. Laisse-le tranquille. L'alerte est donnée et il faut fuir.

– Je ne vais pas laisser cette crapule s'en tirer comme ça!

– Ne t'inquiète pas, lança Darhan, il ne restera pas ici; il va descendre avec nous.

– D'accord, fit Hisham avec résignation. D'accord.

Il lâcha Günshar qui reprit son souffle péniblement en se tenant le cou à deux mains, comme s'il essayait de rouvrir sa trachée pour respirer de l'air.

Ils étaient encore à l'entrée de la grotte. À l'intérieur de celle-ci, le gros Obakou, impotent, n'avait pas bougé. Mais il criait toujours. Et maintenant, plusieurs guerriers accouraient sur les chemins abrupts en direction de la grotte du chef.

Darhan vit le chemin principal qui menait jusqu'en bas. Ils auraient à traverser le village au complet. Sur la gauche, il remarqua un petit sentier recouvert de branchages.

– Hisham ! hurla-t-il. Ouvre ce sentier !

– À tes ordres, mon commandant !

Le gros Perse se mit à courir sur le petit sentier, suivi des trois autres.

– Arghhh ! beuglait Hisham, comme un possédé. Arghhhhhhh !

Il courait en frappant puissamment le sol avec ses pieds. Ses pas lourds donnaient l'impression qu'un ours en furie approchait. Les hommes-cerfs qui avaient emprunté le sentier secret pour aller à la rescousse de leur chef furent pris de frayeur en voyant le gros visage violacé et barbu du Perse.

Plusieurs quittèrent le chemin d'eux-mêmes. D'autres furent renversés violemment par Hisham le furieux et allèrent rouler dans les fourrés environnants.

Ceux qui évitèrent le train fou furent mis hors combat par Darhan et Kian'jan qui suivaient, l'épée à la main. Après quelques minutes de course effrénée sur le sentier escarpé, les fuyards arrivèrent au bas de la montagne.

– Des chevaux! cria Kian'jan. Il y a des chevaux là-bas!

Les hommes-cerfs n'élevaient pas de chevaux, mais ils avaient conservé ceux de Kian'jan, de Tjougà et de G'jong, ainsi que les deux chevaux qui tiraient le chariot.

Darhan et les autres coururent tous en direction du petit enclos qui donnait sur une clairière dominée par la montagne. Une pluie de lances, envoyées par des hommes restés sur la paroi rocheuse, se mit à tomber autour d'eux. Ils atteignirent l'enclos sans trop de difficulté, mais Günshar fut touché par une lance à l'épaule droite. Il s'effondra par terre, inconscient.

Hisham et Kian'jan prirent chacun un cheval. Darhan sauta sur un autre. C'était celui de Tjougà. Les bêtes n'étaient pas harnachées. Aussi, effrayées, elles ruèrent dans tous les sens.

– Holà! hurlait Hisham en tentant de maîtriser sa bête.

Le gros Perse s'agrippait du mieux qu'il pouvait à son cheval qui s'était emballé. Il disparut rapidement dans les bois. Kian'jan s'enfonça, lui aussi, dans la forêt, mené par sa monture qui fonçait furieusement dans les branchages, tête baissée.

Les Mongols étaient des dresseurs de chevaux très doués. Darhan réussit mieux que Hisham et Kian'jan à contrôler sa monture. Il colla son corps contre celui de l'animal et se saisit de la crinière sur laquelle il tira avec force. Il maîtrisa ainsi la fougue de la bête qui se calma, non sans ruer une fois ou deux. Puis, en glissant deux doigts dans la gueule du cheval, il réussit à le diriger tant bien que mal, la bête réagissant chaque fois qu'elle sentait Darhan tirer fortement sur sa mâchoire.

Le jeune guerrier remarqua non loin le chariot de prisonniers. Il s'en approcha en ramassant au passage une lance piquée dans le sol. À l'aide de celle-ci, il fracassa le loquet. Les prisonniers étaient libres. Ils partirent tous se mettre à couvert dans les bois.

Darhan voulut à son tour déguerpir pour échapper aux lances des hommes-cerfs qui tombaient partout autour de lui. Mais son attention fut attirée par Günshar qui tentait péniblement de se relever, avec cette blessure qu'il avait à l'épaule.

– Qu'est-ce que tu fais là ? demanda Günshar, à bout de souffle, en voyant Darhan approcher sur sa monture. Tu viens m'achever ?

– Monte ! dit Darhan. Je ne te laisserai pas entre les mains d'Obakou.

Günshar tendit la main et Darhan s'en saisit. L'homme, blessé, monta difficilement. Dès qu'il fut installé derrière Darhan, le cheval partit au galop et ils disparurent dans le sentier.

***

Darhan s'agrippait ferme en menant le cheval à travers les arbres et le chemin de montagne. L'animal galopait d'une manière effrénée sous la poigne du jeune guerrier. Ce dernier était persuadé qu'il allait vite rejoindre Kian'jan et Hisham.

Il sentit Günshar se mettre à bouger étrangement derrière lui.

– Ne bouge pas ! ordonna-t-il à Günshar. Nous allons bientôt nous arrêter et nous pourrons te soigner.

C'est alors qu'il éprouva une terrible douleur qui lui arracha un cri violent.

– Arrrhg ! Mais qu'est-ce que tu fais ! dit-il avec horreur.

Günshar était en train d'enfoncer la lame d'un couteau dans son flanc droit.

– Je ne t'aurai pas ramené vivant au prince, mais tu seras mort et ma mission n'aura pas été un échec complet!

Darhan voulut crier une nouvelle fois, mais il était sans voix. Il sentit ses forces faiblir. Il lâcha la crinière du cheval et se laissa tomber par terre, entraînant Günshar avec lui; l'homme, en vrai fou furieux, n'avait pas lâché prise. Ils roulèrent tous les deux sur le sol. Dans la chute, la lame du couteau s'était enfoncée encore plus profondément, jusqu'à la garde, dans le corps de Darhan.

Günshar était maintenant assis à califourchon sur le petit guerrier.

– Je vais faire remonter cette lame à travers tes tripes jusqu'à ton cœur! fit Günshar en sifflant comme un serpent.

Darhan, paralysé par la douleur, pouvait à peine bouger. Il frappait mollement le visage de Günshar avec ses deux poings. Bientôt, il perdit toutes ses forces, et ses deux bras s'affaissèrent de chaque côté de son corps. Son regard commença à se perdre parmi le feuillage des arbres qui se mirent à tourner selon une étrange chorégraphie. Les bruits de la forêt se firent plus distincts, comme si chaque oiseau chantait doucement dans son oreille. Il en vint à ne plus ressentir la douleur pendant que Günshar lui labourait la chair avec la lame.

– Petit porc! beuglait Günshar le fou. Tu vas voir ce qu'il en coûte de s'attaquer à moi. Tu vas voir ce qu'il en coûte d'essayer de m'arnaquer. Tu te crois malin, hein? Tu te crois malin? C'est qui le plus malin, maintenant? C'est Günshar, le plus malin! Tu m'entends? C'est Günshar!

Darhan n'était plus là. Le visage mauvais de Günshar n'existait plus. Et seul le souvenir de sa mère et de ses sœurs berçait tendrement son âme qu'il sentait vouloir s'arracher de son corps pour s'envoler vers le ciel. C'est alors qu'un bruit sourd se fit entendre, comme celui d'un gros caillou qu'on aurait lancé sur la glace. Günshar ouvrit la bouche toute grande et du sang se mit à en couler. Il gardait les yeux écarquillés, d'un air stupéfait, pendant que sa tête tombait sur le côté. Il s'effondra ensuite sur Darhan en râlant.

Le jeune guerrier sentit qu'on lui rendait son esprit. Il avait failli perdre la vie. La douleur se fit plus présente alors qu'il émergeait de ce cauchemar. La lame du couteau lui brûlait l'intérieur tandis que le corps inerte de Günshar l'écrasait. Son regard embrouillé par les larmes vit un jeune garçon aux cheveux jaunes. Celui-ci souriait de toutes ses grandes dents blanches. Il tenait à deux mains une grosse pierre.

– Personne ne touche à mon beau-frère!
clama-t-il en faisant rouler Günshar sur le
côté.

– Subaï! dit Darhan, le souffle court.

– Allez… il faut te relever. Les hommes-
cerfs vont arriver d'un moment à l'autre.

Subaï essaya de traîner Darhan hors du
sentier, mais c'était peine perdue. Un cheval
approchait au galop. Le petit voleur de
Karakorum lâcha Darhan et se saisit d'une
autre pierre.

– Allez! Approchez! Vous allez voir à qui
vous avez affaire.

Un cheval sans cavalier apparut au bout
du sentier. C'était un cheval noir, de petite
taille, à la musculation saillante. Il hennit
fortement en ruant violemment dans les
broussailles.

Darhan, assis par terre, appuyé contre un
arbre, fit un terrible effort pour se relever. Sa
peau était livide comme celle d'un mort. Il
arrivait difficilement à se faire une image claire
de tout ce qui l'entourait. La tête lui tournait
et il était incapable de se tenir debout. Mais il
reconnut aisément son compagnon.

– Gekko! dit-il en étirant un bras et en
s'agrippant de l'autre au tronc .

Il perdit aussitôt connaissance et s'écrasa
au pied de l'arbre.

CHAPITRE 14

Le lac Baïkal

Dans une pièce sombre, au dernier étage du palais royal, se tenait Tarèk, le chaman de Gengis Khān. La pièce était remplie d'une quantité impressionnante de contenants de toutes sortes, rangés sur des tablettes qui allaient du sol jusqu'au plafond. Sur un feu, une marmite bouillait, répandant dans la pièce une fumée verdâtre et nauséabonde. Sur une table, plusieurs oiseaux avaient été ouverts et leurs entrailles gisaient ici et là. Certains étaient couverts de sang et d'autres avaient été coulés vivants dans de la cire de chandelle. Un petit oiseau bleu était piqué avec des épingles sur une planche de bois.

Tarèk était debout et regardait le paysage par la fenêtre. Au loin s'élevaient les pics enneigés des monts de l'Altaï, par-delà la steppe immense. Le chaman semblait songeur. Les yeux fermés, il prenait de profondes respirations.

Un petit singe au poil noir et aux yeux rougeâtres sauta d'une tablette et atterrit sur son épaule. Tarèk avait toujours son capuchon noir qui lui couvrait la tête.

– Alors, Goubà, dit-il de sa grosse voix gutturale, tu t'ennuies?

Il caressa la tête du petit singe. L'animal lui mordit le doigt jusqu'au sang et en suça quelques gouttes.

– Tu as faim? C'est ça, petit vampire. Tu voulais que papa te donne à manger.

On cogna à la porte. Le petit singe noir bondit sur une étagère et alla se cacher derrière une grosse jarre en terre cuite.

– Qui est là? demanda Tarèk.

– C'est Dötchi.

– Qu'est-ce qu'il me veut encore, celui-là? murmura Tarèk, se parlant à lui-même.

Il alla ouvrir la porte, et le jeune prince, camouflé dans un ample manteau pour ne pas être reconnu, se glissa à l'intérieur de la pièce.

– Que me vaut l'honneur de votre visite, jeune prince? lança Tarèk en retournant à la fenêtre.

– Luong Shar est toujours vivant! dit Dötchi.

– Je sais. Je l'ai vu hier soir. Nous avons discuté et il m'a semblé en pleine forme.

– Vous m'aviez pourtant promis que ce poison n'avait pas d'antidote!

– La vieille Koti appartient à une longue lignée d'herboristes. Elle connaît des secrets qui remontent à la nuit des temps et qui sont enseignés de mère en fille.

– Vous vous êtes joué de moi !

Tarèk haussa les épaules.

– Il faut croire qu'elle a certains pouvoirs qui peuvent contrer les miens. Vous ne m'avez pas dit ce que vous vouliez faire de ce poison. Si c'était pour Luong Shar, il fallait le préciser. C'est un homme puissant et bien entouré. J'ai, par contre, des poisons plus violents qui n'ont rien à voir avec ce qui pousse dans la nature. Koti n'aurait aucun remède contre ces maléfices.

– Je veux me débarrasser d'elle !

Tarèk regarda le prince d'un air intrigué. Cet empressement à vouloir en finir avec Luong Shar et ceux qui l'entouraient l'étonnait.

– On ne peut éliminer tout le monde comme ça, à sa guise, déclara-t-il.

– Je suis le dauphin de l'Empire et je l'exige.

– Il faut mesurer vos actions, mon prince.

– Tout est déjà mesuré, et je sais exactement ce que je fais. Luong Shar est un proche de Djebe, et Djebe est contre moi. Je ne peux m'attaquer à Djebe, car il est trop puissant, mais je peux m'en prendre à ceux qui le soutiennent afin de l'isoler.

Dötchi prit un air digne en relevant la tête.

– Je dois préparer ma venue sur le trône. Si je suis entouré d'ennemis, je cours à ma perte et à celle de l'empire qu'a érigé mon père.

Tarèk regarda ce prétentieux, prêt à éliminer tout le monde pour satisfaire ses ambitions. Mais Dötchi ne l'inquiétait pas. Le chaman savait que Gengis Khān avait rappelé son autre fils, Ögödei, du pays de l'Indus. Et c'était lui qu'il craignait le plus. Le prince Ögödei était le digne fils de l'empereur et avait son propre sorcier qui veillait sur lui.

Par contre, Tarèk savait aussi que, s'il réussissait sa guerre contre les Perses et que les armées du Grand Khān prenaient Samarkand, alors il se jouerait du jeune prince Ögödei comme d'une marionnette dont on tire les ficelles.

– Si vous voulez tuer Koti, passez-la par l'épée, suggéra-t-il à Dötchi en émergeant de ses réflexions.

– Si je la fais assassiner, rétorqua Dötchi, je risque une guerre ouverte avec Luong Shar et Djebe. Tout sera perdu !

– À l'heure qu'il est, il doit déjà vous considérer comme un ennemi. Alors qu'est-ce que ça change ?

– Ça change que je ne fais jamais de guerres ouvertes.

Tarèk eut une petite grimace de dédain. Dötchi s'avança vers lui.

– Un de mes serviteurs m'a dit que vous receviez parfois Koti…

– Vous me faites espionner ! s'indigna le chaman en élevant la voix.

– Un prince doit tout savoir !

– Il y a des choses qui me concernent et que vous ne devez pas savoir. Je suis chaman, ne l'oubliez pas.

– Là n'est pas mon propos. Écoutez-moi plutôt, fit le prince. On me dit qu'elle vient souvent se procurer des ingrédients pour ses potions.

– Oui, reconnut Tarèk. Je fais le commerce des herbes et des poudres de toutes sortes. C'est mon métier.

– Trompez-la ! dit Dötchi avec un éclair dans les yeux.

– Quoi ?

– Trompez-la ! Vendez-lui quelque chose d'autre. Ainsi, Luong Shar ne pourra jamais se douter de quoi que ce soit si elle s'empoisonne elle-même avec ses propres secrets.

Tarèk resta songeur un moment. Puis il alla vers une des tablettes et prit un petit pot qu'il mit sur la table devant lui.

– Qu'est-ce que c'est? demanda Dötchi.

– Koti est amoureuse de Luong Shar. Mais l'homme est plus préoccupé par les fleurs de son jardin que par sa femme. Alors elle se sert de ce philtre d'amour. Ce sont des feuilles de krolhïë qu'elle doit boire pour faire naître du désir chez son vieil amant. Aucun homme ne peut résister à ce philtre utilisé par les sorcières. Elles l'utilisent depuis toujours pour enchanter les hommes. Pas même un vieillard à l'article de la mort ne saurait demeurer impassible face à sa force d'attraction. Je sais aussi que Luong Shar est un orgueilleux et qu'il n'accepterait pas que son désir provienne d'un enchantement. Alors, je suis persuadé que Koti prépare cette potion en cachette de son vieux.

– Alors, fit Dötchi avec le sourire, nous pourrions la tromper!

– Je pourrais en effet tremper les feuilles de krolhïë dans un poison violent. Personne ne pourrait la sauver. Par contre, ajouta Tarèk, il y a des risques qu'elle s'en rende compte.

– Et alors? demanda Dötchi.

– Et alors? Mais je vais perdre une cliente! Karakorum n'est pas Pékin en ce qui concerne la sorcellerie. Le petit commerce est pénible dans cet empire de sauvages! Et puis, si elle apprend que j'ai trempé dans cette histoire, je vais m'en faire une ennemie.

– Faites comme je l'entends, déclara Dötchi, et je ferai tout ce que vous voudrez en échange.

Tarèk regarda le prince en souriant de toutes ses dents noires.

– Tout ce que je voudrai, mon prince?

– Je serai à votre service.

– Lorsque nous prendrons Samarkand, j'aurai besoin de vous. Je vous ferai signe et vous comprendrez. Vous ne devrez pas discuter.

– Et qu'est-ce que je devrai faire?

– Vous ne devrez pas discuter.

– Je suis le prince! J'ai tout de même le droit de savoir ce que je vais faire.

– Vous m'avez dit que vous alliez faire tout ce que je voudrais en échange de la mort de Koti. Alors que vous importe de savoir ce que vous ferez?

Le prince acquiesça en maugréant.

– Et une chose bien importante, ajouta Tarèk: si vous vous attaquez à Koti, elle doit absolument mourir. Il n'y a pas d'échec possible.

– Soyez rassuré. Elle et Luong Shar seront précipités en enfer, main dans la main.

Dötchi remit son capuchon et se prépara à sortir. Il ouvrit la porte et s'assura que personne ne circulait dans le corridor du palais. Avant de quitter l'antre de Tarèk, il regarda les petits oiseaux sur la table.

– Et alors, que disent les entrailles?

Tarèk se saisit d'un petit oiseau. Il enfonça un doigt dans son ventre et en ressortit les tripes. Il les examina un moment, puis il dit à Dötchi:

– Ils nous prédisent du succès dans nos entreprises, mon prince!

Les deux hommes se mirent à rire très fort.

***

Darhan ouvrit lentement les yeux. Sa tête était lourde. Il avait l'impression de s'arracher d'un profond sommeil. Alors que ses yeux s'habituaient à la lumière, il vit une envolée d'oies blanches parmi de gros flocons de neige, sur un fond bleu qui s'étendait à l'infini.

« Je suis mort, pensa-t-il. Je suis sur la terre de mes ancêtres.»

Un souffle chaud et un museau humide se firent sentir dans son cou. Une langue râpeuse lécha son visage. Il se retourna et reconnut Gekko. Les flocons de neige tombaient et fondaient aussitôt qu'ils touchaient le poil noir de la bête.

Darhan était au pied d'un arbre et, devant lui, s'étendait une masse d'eau plus grande que tout ce qu'il aurait pu imaginer. Sur celle-ci, des centaines d'oies blanches en pleine migration s'envolaient ou amerrissaient. Le son de leurs cris, omniprésent, était assourdi par les gros flocons tournoyant dans le vent léger.

– Que faisons-nous ici, mon ami? dit le jeune guerrier à son cheval. Comment sommes-nous arrivés là? C'est le lac Baïkal qui s'étend ici, c'est ça? Nous sommes arrivés à destination?

Le cheval fourrait son museau partout, comme s'il n'avait jamais été aussi heureux de retrouver celui avec qui il avait grandi dans la steppe.

Darhan avait une faim de loup. Il sentit son ventre gargouiller lorsqu'une odeur de viande grillée parvint jusqu'à ses narines. En tournant la tête vers la berge, il vit Hisham, Kian'jan et Subaï assis autour d'un feu. Sur une broche, au-dessus des flammes, plusieurs oies grillaient. Le garçon se leva pour aller rejoindre ses amis.

– Regardez qui arrive! s'écria Hisham. Je savais que ces oies allaient le ramener à nous. Il n'y a rien comme l'odeur de la viande grillée pour arracher un homme au monde des esprits.

– On dirait qu'il a pris du mieux, dit Kian'jan en observant la démarche de Darhan.

Le petit paysan avançait bien droit, l'air décontracté, les cheveux défaits. Il portait un large chemisier de laine. Sous celui-ci, il pouvait sentir un bandage qui entourait sa taille.

— Tu as mal? lui lança le Tangut.

— Un peu, mais ça va, répondit Darhan qui s'approcha du feu pour se réchauffer.

— Kian'jan est un bon guérisseur, affirma Hisham qui faisait tourner la viande sur la broche. Il pourrait ressusciter un mort!

— Merci, Kian'jan, fit Darhan. Je suis chanceux de t'avoir près de moi.

— Je n'ai fait que guérir un homme blessé. Si tu es vivant, c'est grâce à quelqu'un d'autre.

Darhan regarda Subaï, le petit voleur aux cheveux blonds. Celui-ci ne quittait pas le feu des yeux.

— Qu'est-ce qui s'est passé? demanda Darhan. Je me souviens que Günshar était assis sur moi et qu'il m'enfonçait un couteau dans le flanc. Je me souviens de ton visage aussi, et ensuite, plus rien…

Subaï releva les yeux, timide.

— Quand tu as fait sauter le loquet, tous les prisonniers se sont dispersés dans la nature. Moi, j'ai couru sur le sentier que tu avais emprunté avec Günshar. J'ai couru un moment, sans trop savoir si je vous rattraperais ou si les hommes-cerfs me mettraient le grappin dessus.

C'est là que je l'ai vu sur toi, essayant de t'assassiner. J'ai pris une grosse pierre et je l'ai frappé à la tête.

– Il est mort ?

– Il gémissait encore lorsque nous sommes partis sur ton cheval.

– Il ne fallait pas le sauver, intervint Hisham en regardant Darhan sévèrement. C'est un meurtrier !

Darhan regarda les chevaux de Tjougà et de G'jong.

– C'était plus fort que moi, répondit-il. Comme si c'était une chose inacceptable de laisser quelqu'un mourir, peu importe qui il soit.

– Tu as bon cœur alors, ajouta le Perse. Mais avoir trop bon cœur, c'est mauvais. Plusieurs hommes sont morts à cause de leur compassion.

Le garçon se leva et regarda le lac et les oies. La neige avait cessé, mais les nuages gris, qui descendaient très bas, annonçaient que ce n'était qu'une question de temps avant qu'elle ne recommence à envahir le ciel.

– Qu'est-ce qui s'est passé ensuite ? fit Darhan.

– Ensuite, j'ai galopé toute la journée, poursuivit Subaï. Je ne sais pas conduire un cheval, mais le tien s'en allait tout seul et je lui ai fait confiance. Une fois la nuit tombée, nous sommes arrivés au bord du lac. Au loin, j'ai vu un feu. Nous nous sommes approchés et tes deux copains étaient là.

– Kian'jan s'est occupé de toi toute la nuit avec des potions et des pâtes de guérison, continua Hisham.

Malgré les nuages qui cachaient le soleil, Darhan devina que la journée était bien avancée et qu'il avait beaucoup dormi.

– Subaï, dit-il, je te dois la vie. Je suis à ton service.

Le petit voleur aux cheveux blonds baissa la tête d'un air gêné. Mais son sourire, qu'il cachait difficilement, trahissait une immense satisfaction.

Darhan se mit à marcher en direction du lac. Il voulait aller toucher les eaux de ce lac mythique dont il avait entendu parler depuis sa tendre enfance. On racontait des histoires de magiciens et de créatures fantastiques qui parcouraient ses rivages. C'était là que l'avait appelé l'étoile. C'était là que l'avait mené le petit génie Djin-ko durant son rêve dans le grand pin. Après quelques pas, il se retourna et regarda Subaï.

– Une chose, par contre, lança-t-il au petit voleur, et je veux que ce soit clair : je ne suis pas ton beau-frère.

Il alla ensuite au bord du lac. Il se passa de l'eau fraîche sur le visage et en fit couler le long de sa poitrine.

***

Darhan et ses compagnons passèrent une autre nuit sur la rive du lac Baïkal. Au petit matin, une légère couche de neige recouvrait le paysage. Le jeune guerrier s'éveilla en claquant des dents. Il était transi. Il se leva et souffla dans ses mains pour les réchauffer.

– Il a neigé cette nuit, dit Subaï qui était debout et prêt à partir. Moi, je n'ai presque pas dormi. Tu as le sommeil lourd.

– J'ai passé plusieurs nuits sans dormir, répondit Darhan. J'imagine que j'ai plusieurs heures de sommeil à rattraper. Où sont Hisham et Kian'jan ?

– Ils sont allés faire un tour de reconnaissance. Ils ne devraient pas tarder. Il reste de la viande, tu en veux ?

Darhan prit un morceau d'oie. La viande était grasse et bonne, mais froide. Il ralluma le feu pour faire du thé.

Il en était à sa deuxième tasse lorsque le galop des chevaux se fit entendre. Hisham et Kian'jan revenaient.

– Alors? demanda Darhan. Vous êtes allés loin vers l'ouest?

– Nous avons galopé pendant une heure, expliqua Kian'jan. Nous avons vu les mines, au loin. Je pense qu'il nous faudra deux heures pour s'y rendre.

– Nous raconterons au préfet des mines comment nous avons perdu les prisonniers, ajouta Hisham. Nous pourrons faire le plein de vivres avant de retourner à Karakorum.

Darhan écoutait les deux hommes, mais son regard était tourné vers l'est.

– Est-ce que tu es prêt à partir, commandant? fit Hisham.

– Je ne vais pas vous suivre. Je dois aller à l'est.

Les deux hommes échangèrent un regard interrogateur. Kian'jan sauta en bas de sa monture et s'approcha de Darhan.

– Pourquoi dois-tu aller à l'est?

– Je ne sais pas. On m'appelle là-bas.

– On t'appelle? dit Kian'jan, intrigué.

– Oui. Ce sont les étoiles.

Kian'jan eut un léger sourire. L'homme, qui avait grandi dans le désert avec sa mère, était un mystique et croyait certainement que les étoiles savaient dialoguer avec les hommes.

– On ne peut pas aller à l'est, protesta Hisham, toujours sur sa monture. Il n'y a même pas de sentiers. Tout ce que je peux voir d'ici, ce sont des marais à perte de vue.

– Vous ne viendrez pas avec moi, précisa Darhan. Allez plutôt expliquer nos déboires au préfet des mines. Dites-lui que les hommes-cerfs nous ont attaqués, que j'ai disparu et que vous seuls avez réussi à vous échapper. Nous nous retrouverons ici dans trois jours. Nous rentrerons ensuite à Karakorum.

– Moi, je t'accompagne, déclara Subaï.

Darhan regarda un instant le petit voleur aux cheveux blonds. Celui-ci ne portait que quelques haillons. De la fumée blanche sortait de sa bouche. Ses lèvres, ses doigts et ses orteils étaient bleus.

– Tu ferais mieux d'aller aux mines. Ils pourront t'habiller et te réchauffer.

– Si j'arrive aux mines avec mes haillons, ils vont me mettre aux travaux forcés. Pas question !

– D'accord, tu peux venir avec moi, mais il faudra t'habiller, de toute façon. Il fait froid dans les marais.

Kian'jan sortit une cape de son sac et Darhan refila quelques vêtements à Subaï. Hisham, beaucoup trop gros, ne put offrir qu'une paire de pantoufles perses aux bouts relevés.

– Qu'est-ce que c'est que ça? fit Subaï. Je ne vais pas me balader avec des pantoufles bleues qui pointent vers le ciel!

– C'est un cadeau que m'a offert une vieille tante quand j'étais petit! riposta Hisham en élevant la voix. Je te les offre parce que tu as sauvé la vie du commandant. Alors ne discute pas, petit voleur!

Subaï enfila les pantoufles en maugréant. Elles étaient d'un bleu éclatant avec des petites coutures de fils d'or et des pierres nacrées roses et vertes.

– Magnifique! s'exclama Darhan. Tu es très mignon.

– Très chic, ajouta Kian'jan.

Subaï essaya de marcher, mais trébucha à quelques reprises. Les pantoufles de Hisham étaient beaucoup trop grandes.

– Je ne peux pas marcher avec ça. Ça n'a aucun sens. J'ai l'air d'un clown.

– Un clown! s'indigna Hisham en faisant de gros yeux.

– C'est parfait, dit Darhan en riant. Nous sommes prêts à partir.

Il monta sur Gekko, et Subaï sauta derrière lui.

– Vous m'avez bien compris? demanda Darhan. Nous nous retrouvons ici dans trois jours.

– Bien, commandant, répondit Hisham.

Kian'jan acquiesça de la tête.

Darhan fit prendre à son cheval la direction des marais de l'est.

CHAPITRE 15

La créature des marais

La journée s'achevait. Darhan et Subaï progressaient depuis de longues heures dans les marais. Gekko avançait difficilement sur le sol instable et boueux. Parfois, il perdait pied dans un trou profond, obligeant les deux garçons à descendre pour l'aider.

Ici et là, des arbres sans feuilles étiraient leurs branches vers le ciel nuageux. Une bruine glacée persistait et de longs glaçons s'accrochaient aux branches grises des arbres morts.

— Quel endroit sinistre! lança Subaï en tordant les pantoufles bleues toutes mouillées.

— C'est plutôt glauque, en effet, répondit Darhan qui caressait la crinière de Gekko. On dirait que plus on avance et plus le sol est boueux.

— On aurait dû les contourner, ces marais.

— Il y a des marais partout dans le coin. Ça nous aurait pris des jours.

— Où allons-nous? demanda Subaï.

— Je ne sais pas.

Le garçon aux cheveux blonds remit ses pantoufles et s'approcha de Darhan.

– Comment ça, tu ne sais pas ? On va sûrement quelque part !...

– Je cherche une petite île qui est près de la rive orientale du lac.

– Une petite île ?

Subaï scruta le lac qui s'étendait loin, par-delà les arbres morts et le marais.

– Il faudra être vigilant, dit-il, parce que d'ici on ne voit rien. On l'a peut-être manquée, ton île ?

– Je ne crois pas, non.

– Comment t'en es sûr ?

– Je le saurai un peu plus tard, à la nuit tombée. Si le ciel peut se dégager enfin.

– Je ne comprends rien quand tu parles, soupira Subaï.

Darhan, stupéfait, regarda ce garçon qui s'exprimait comme l'aurait fait sa sœur Mia.

Ils reprirent leur chemin à travers les marécages. Les lourds nuages poursuivaient leur course dans le ciel.

***

Une nuit fraîche et humide était tombée sur les marais du lac Baïkal. Les deux garçons s'étaient arrêtés afin de se reposer pour la nuit.

Les nuages s'étaient dissipés enfin et l'étoile était apparue, immense comme jamais, éclairant l'étendue d'eau d'une lueur pâle. Darhan ne la quittait pas des yeux. Il était fasciné par son éclat, hypnotisé par cette étoile qui devait influer sur son destin.

– Tu ne dors pas? demanda Subaï.

– Non, fit Darhan.

Le petit voleur de Karakorum était enroulé dans des couvertures et claquait des dents.

– J'ai froid, dit-il. Je ne dormirai jamais. C'est trop humide, les marais.

– Le jour se lèvera bientôt. Il fera un peu plus chaud.

– Oui, mais en attendant, je n'aurai pas dormi et je vais mourir de fatigue.

Subaï se leva et roula ses couvertures.

– Tu veux me dire ce que tu fais? Tu es resté toute la nuit debout à regarder le ciel en agitant ces deux grosses plumes.

– Je regarde l'étoile.

Subaï regarda le ciel à son tour.

– Je n'avais jamais remarqué cette étoile. Elle est là depuis quand?

Le jeune garçon allait ajouter quelque chose lorsqu'il se figea soudainement et tendit l'oreille comme l'aurait fait un petit animal. Il se mit à renifler dans l'air frais comme s'il était à la recherche d'une odeur.

– Tu as entendu ? lança Subaï.

Darhan sortit de sa rêverie pour regarder son compagnon.

– Entendu quoi ?

– Tu n'as rien entendu ?

– Non.

– C'est comme un bruit sourd. Comme quelque chose qui se déplacerait en glissant dans la boue !

– Je n'entends rien.

Subaï tendait toujours l'oreille.

– On dirait que ça s'approche. On ne devrait pas rester ici !

– Mais qu'est-ce que tu racontes ?! dit Darhan. Je n'entends rien.

– Il faut y aller ! insista Subaï.

Le garçon était très énervé. Il prit ses affaires pour les mettre pêle-mêle sur ses épaules. Puis il se mit à marcher rapidement dans le marais en soulevant haut ses pantoufles bleues.

– Il faut y aller ! Absolument y aller. Il ne faut pas rester ici, répétait-il en secouant la tête de gauche à droite.

– Mais qu'est-ce que tu fais ? lui cria Darhan qui le regardait s'éloigner sans rien comprendre. On dirait que t'as vu un fantôme !

Subaï se retourna et planta son regard dans celui du jeune commandant.

– Il faut y aller, Darhan. On ne doit pas rester ici. On ne peut vraiment pas rester ici ! Quelque chose approche. Quelque chose qui n'a rien d'humain. C'est lourd et ça rampe sous les eaux de ce marais.

Darhan se rappela les histoires qu'il avait entendues à propos des créatures maléfiques qui rôdaient sur les rives du lac. Il n'avait jamais été superstitieux. Mais, depuis sa rencontre avec Djin-ko, il commençait à croire aux fées et aux sorcières. Il vit que Subaï ne blaguait pas. Il savait que le jeune garçon avait une ouïe extraordinaire. Il saisit Gekko par la bride et se mit à avancer à son tour.

***

Le ciel prit une teinte légèrement plus pâle. Le jour se levait. Le silence inquiétant du marais n'était perturbé que par les pas des deux jeunes garçons et du cheval. Un brouillard rendait la visibilité presque nulle.

– Tu l'entends toujours ? demanda Darhan à Subaï.

– Oui, on dirait que ça nous suit.

– Et pourquoi ça ne nous rattrape pas ?

– Je ne sais pas. Je n'en ai pas la moindre idée. Lorsque nous avançons, cette chose accélère la cadence. Mais lorsque nous nous arrêtons, elle s'arrête aussi.

– Elle est loin, tu crois?

– Je ne sais pas. On dirait qu'elle se déplace sous la boue. En tout cas, elle glisse et elle a l'air grosse.

Darhan pestait de ne rien entendre. Mais il savait que Subaï disait vrai. Car il voyait bien que Gekko était agité, qu'il sentait une présence étrange dans les alentours.

Ils marchèrent encore un moment. Le sol instable les épuisait tous les deux. Le brouillard s'éclaircit un peu au cours de la matinée, et le lac redevint visible dans le lointain.

– La chose est toujours après nous? lança Darhan.

– Oui, dit Subaï, qui menait la marche.

«Alors, elle nous traque vraiment, pensa le jeune commandant. Elle nous traque comme un loup traque sa proie.»

Une autre journée dans ce marais pourrait leur être fatale. Le froid et l'humidité les dévoraient lentement et, bientôt, ils n'auraient plus un gramme d'énergie.

– Nous n'aurons pas le choix, déclara Darhan, il faudra l'affronter.

– Tu es fou! s'écria le jeune voleur en s'immobilisant.

– Non, je ne suis pas fou. Si nous continuons à marcher à ce rythme, nous allons nous épuiser et je suis sûr que c'est ce que veut cette chose.

– Mais je ne veux pas mourir !

– Fais-moi confiance, fit Darhan. Nous avons plus de chances de survivre si nous affrontons cette chose que si nous continuons à avancer à ce rythme. Notre peur en ce moment est notre pire ennemi. Et cette chose le sait.

***

Plus un son n'était perceptible dans le marais. Darhan et Subaï se tenaient immobiles, chacun d'un côté du cheval. Le jeune guerrier avait armé son arc avec une flèche et le petit voleur tenait un poignard.

– Tu l'entends ? demanda Darhan.

– Non, ça s'est arrêté, répondit Subaï.

– C'est exactement ce que je pensais, dit Darhan en serrant les dents. En ce moment même, cette chose doit être en train d'évaluer la situation. En tout cas, crois-moi, si elle veut véritablement nous avoir, elle va bouger dans quelques instants. Elle ne nous laissera pas nous reposer trop longtemps.

– Ça bouge ! murmura Subaï, terrifié.

C'est alors que Darhan commença à distinguer ce son que seul son compagnon pouvait entendre jusque-là. C'était le son lourd d'un glissement visqueux et souterrain. Le bruit se faisait plus intense, comme si la créature augmentait sa vitesse au fur et à mesure qu'elle approchait de ses proies.

– Oh non! s'exclama Subaï qui tremblait comme une feuille.

– Nous ne serons pas morts tant que cette chose n'aura pas eu affaire à moi! assura Darhan.

Au loin, entre les arbres gris du marais, il vit la boue qui s'agitait en se dispersant dans les airs. La chose approchait à une vitesse folle. Le petit guerrier tenait fermement son arc. Il n'attendait plus que le bon moment pour décocher sa flèche.

C'est alors qu'une chose incroyable jaillit du sol, à quelques mètres devant eux. C'était comme ces immenses créatures des histoires que racontaient les vieux. Ces créatures qui, disait-on, venaient des enfers pour se nourrir de la chair des hommes. C'était un immense serpent des marais, haut de plusieurs mètres. Le monstre, hideux, siffla en crachant.

Subaï poussa un cri en serrant son poignard à deux mains. Il était incapable de faire le moindre geste tant il était paralysé par l'horreur. Darhan, lui, sut garder son calme. Il avait senti son sang se glacer dans ses veines, mais son cœur chaud battait encore avec courage. Il trouva la force de tirer sa flèche qui alla se planter puissamment dans le cou de l'animal. Celui-ci lâcha une plainte affreusement sourde, comme si le sang commençait déjà à affluer au fond de sa gorge par la blessure.

La bête ne s'attendait sûrement pas à une telle résistance de la part de ces deux enfants. La flèche l'avait mortellement atteint. Le serpent voulut reculer et s'enfuir, mais, déjà, le petit guerrier mongol qui l'avait blessé était monté dessus et avançait vers sa tête, l'épée haut dans les airs.

En équilibre sur la bête transpercée de sa flèche, Darhan tenait son épée, prêt à frapper. D'un élan puissant, il coupa la tête du serpent. Cette dernière alla s'écraser, plus loin, contre un arbre mort. Le jeune guerrier sauta ensuite sur le sol, alors que le corps sanguinolent de l'animal s'agitait en glissant dans tous les sens sur la boue. Et bientôt, tout s'arrêta. Il ne resta plus que le lourd silence du marais avec le souffle haletant de Darhan qui regardait cette scène d'un air hébété.

– Incroyable ! s'écria Subaï. Tu es incroyable ! Comment t'as fait ?

– Je ne sais pas, répondit Darhan. Tout s'est déroulé tellement vite. Et pourtant… elle est morte, cette bête, ajouta-t-il en faisant un petit sourire à son compagnon.

– Et comment, qu'elle est morte ! Tu lui as tranché la tête ! dit le petit voleur en s'approchant du serpent. Beurk ! ça bouge encore.

En s'avançant à son tour, Darhan fut étonné de voir un collier de cuir et un harnais sur le corps de l'animal.

– Qu'est-ce que ça veut dire ? demanda Subaï.

– Ça veut dire que cette chose est un animal domestique qui appartient à quelqu'un.

– Quoi ?

Subaï se dressa sur ses pieds en tendant l'oreille.

– J'entends des pas au loin. Très loin. C'est humain et ça s'éloigne ! C'est sûrement le propriétaire de cette chose. Vite, on va le rattraper !

Subaï voulut partir à la course, mais Darhan le retint par l'épaule.

– Pas si vite. Si nous allons dans cette direction, nous nous éloignons de l'endroit indiqué par l'étoile et…

– Cet homme a voulu nous tuer avec son serpent ! l'interrompit Subaï.

– ... et pour rien au monde, continua Darhan, je ne raterai mon rendez-vous avec elle. Si le propriétaire s'éloigne, maintenant que nous avons tué sa chose, c'est qu'il a peur de nous. Ne perdons pas notre temps et continuons notre route.

Les deux garçons se remirent à marcher en cette fin de matinée. Le soleil, qui apparaissait de temps à autre dans le ciel brumeux, indiquait qu'il était presque midi. Le marais se fit moins inquiétant, comme si le maléfice autour d'eux s'estompait à mesure qu'ils avançaient et laissaient derrière eux un autre monde. Les arbres semblaient reprendre vie et, bientôt, le chant des oiseaux fut audible pour la première fois depuis la veille.

– Des oiseaux! lança Subaï. Ça fait du bien.

– Oui, dit Darhan. Nous arrivons sur des terres moins hostiles.

Et sur le lac, au loin, commença à se dessiner la forme d'une île, comme l'avait annoncé Djin-ko.

CHAPITRE 16

La fée du lac

— Nous y sommes! s'écria Darhan.

Il avait les yeux qui brillaient, et son cœur battait très fort. Dans le brouillard, qui se dissipait au fur et à mesure qu'augmentait la lumière du jour, il vit l'île aux phoques se découper sur les eaux bleutées. C'était une île rocheuse de quelques centaines de mètres de diamètre. Son centre était dominé par un petit monticule couvert de conifères s'élevant très haut dans le ciel.

Tous les trois, garçons et cheval, regardaient le bout de terre perdu au milieu du lac immense. Ils avaient de l'eau jusqu'aux genoux.

— Hisham va me tuer, soupira Subaï en soulevant ses pieds. Les belles pantoufles bleues sont fichues.

— Il faut se rendre jusqu'à l'île, dit Darhan.

— On ne va pas nager jusque-là? On va mourir gelés avant d'être arrivés.

— Il faut pourtant y aller.

— Mais comment?

Darhan haussa les épaules. Mais, juste à ce moment, quelque chose attira son attention sur la rive, tout près. Il vit deux longs bâtons qui se croisaient très haut, et sur lesquels on avait attaché deux bouts de chiffon sale. Ils marchèrent dans des eaux plus profondes en s'assurant que le sol était assez dur pour le cheval. Subaï avançait avec peine. Les énormes pantoufles bleues étaient imbibées d'eau.

Arrivés à hauteur des deux bâtons, les deux garçons échangèrent un immense sourire.

– Un radeau ! fit Subaï.

– Oui, répondit Darhan. Nous sommes bénis des dieux.

En effet, près des deux bâtons était attaché un vieux radeau de bois qui flottait sur les eaux marécageuses. Juste à côté, sur un bout de terre ferme, commençait un sentier. Celui-ci s'enfonçait dans les marais, jusqu'à disparaître complètement dans les arbres gris.

– Je me demande où conduit ce sentier, lança Subaï.

– Peu importe, répliqua Darhan. Nous avons trouvé un moyen pour aller sur le lac. Traversons jusqu'à l'île.

Ils montèrent tous les deux sur l'embarcation. Celle-ci semblait ne pas avoir servi depuis une éternité. Les cordages étaient faibles et donnaient l'impression de vouloir céder à tout moment. L'équilibre étant difficile à tenir, ils durent s'agenouiller. Darhan fit avancer l'embarcation en poussant à l'aide d'un long bâton. Gekko resta sur la rive.

– T'en fais pas, mon ami, lui dit Darhan. Nous reviendrons bientôt.

La bête hocha la tête de bas en haut, un souffle fumant lui sortant par les naseaux à cause du froid.

Le lac était tranquille et le radeau tint bon. Ils avançaient maintenant à découvert, s'éloignant du marais. Le brouillard s'était complètement dissipé et le soleil brillait d'une lumière pâle mais réconfortante.

– Oh! s'exclama Subaï.

– Qu'est-ce qu'il y a? demanda Darhan.

– Là! cria Subaï en pointant l'île du doigt. Il y a un truc qui bouge parmi les rochers.

– Je ne vois rien.

– Oui, je te dis. Il y a quelque chose qui bouge.

En regardant attentivement au bout de l'île, sur un plateau rocheux qui s'enfonçait dans le lac, Darhan vit des formes énormes qui bougeaient.

– C'est donc ça, fit-il. On m'en avait déjà parlé, mais jamais je n'en avais vu.

Subaï écarquilla les yeux.

– Mais… ce sont les rochers qui bougent !

– Silence, murmura Darhan. Tu vas les effrayer.

– Quoi, ça ?

– Les phoques.

– Les quoi ?

– Les phoques.

– C'est quoi ça, des phoques ?

– Ces animaux, là.

Le radeau glissait allègrement sur l'eau froide. Les deux compagnons contournèrent l'île pour ne pas déranger la colonie de phoques qui se reposaient sur les rochers. Une fois accostés, ils sautèrent et mirent pied à terre. Ils s'étendirent sur quelques cailloux plats.

Le temps était superbe. Darhan respirait l'air frais à pleins poumons et il commençait à glisser doucement dans le sommeil pendant que Subaï, assis tout près, tordait de nouveau les pantoufles trempées.

– Alors, qu'est-ce qu'on fait ? lança le petit voleur de Karakorum.

– Je ne sais pas, répondit Darhan, étendu sur le dos, les yeux fermés. Je suis fatigué, je vais dormir.

– Comment ça, tu ne sais pas ? Ça fait deux jours qu'on se traîne dans ce marais en se battant contre des serpents géants et tu ne sais pas ce qu'on fait ici?

– Je ne sais pas. Mais j'y suis. Alors je finirai bien par savoir.

Subaï allait dire quelque chose, mais Darhan l'interrompit en levant l'index:

– Oui, je sais, tu ne comprends rien quand je parle.

***

Ils dormirent une partie de l'après-midi et firent ensuite le tour de l'île. Subaï grignotait quelques racines et Darhan cherchait quelque chose sans savoir exactement quoi. Il regardait le lac d'un air distrait, son esprit s'égarant dans des rêves où il était un tout jeune enfant. Il voyait ses sœurs étendues sur des peaux, dormant à poings fermés. Il voyait aussi sa mère filant la laine et buvant du thé. Elle chantait des chansons douces, des berceuses. Et lui, tout petit, recroquevillé sous les couvertures dans la yourte, rêvant d'un petit-déjeuner tout chaud et d'interminables chevauchées dans la steppe en compagnie de Gekko.

Subaï, de son côté, resta longtemps à observer les phoques. Les mammifères marins passaient leur temps à se prélasser et à se dorloter dans un immense fouillis où le corps de chacun se confondait avec celui des autres. Parfois, ils plongeaient et disparaissaient sous l'eau, allant chasser leur nourriture.

– Quels étranges animaux! fit Subaï. On dirait des chiens-poissons.

– Un jour, un homme est venu chez moi, dit Darhan. En échange d'un repas, il nous raconta une histoire sur ces étranges animaux. C'était un conteur errant comme il y en a parfois dans la steppe. Ma mère aimait ces hommes et les croyait sacrés. Elle disait qu'il fallait toujours leur donner à manger parce que ça portait chance. Après avoir avalé sa soupe, l'homme nous conta, à mes sœurs et à moi…

– Mia était là! l'interrompit Subaï.

– Oui, répondit Darhan en fronçant les sourcils, Mia était là. Toujours est-il que son histoire parlait d'hommes qui vivaient sur le bord d'un grand lac, au nord de l'Empire. Ces hommes étaient d'excellents pêcheurs et savaient prendre dans leurs filets des quantités impressionnantes de poissons. Si bien qu'ils commencèrent à vendre les surplus de leur pêche dans les villes environnantes. Ils s'enrichirent tellement avec ce commerce qu'ils devinrent comme fous et ne purent s'empêcher de capturer les poissons. Ils le faisaient non plus pour leur subsistance, mais pour gagner de l'argent. Ils pêchèrent avec

tant d'excès que le lac s'en trouva complètement pillé. Cette situation inacceptable
éveilla l'esprit du lac. Pour punir les hommes
cupides, il les transforma en ces étranges
animaux, les rendant ainsi dépendants à
jamais de ses ressources.

– Quelle histoire! s'exclama Subaï. En tout
cas, moi, je ne mange plus de poisson.

***

Le jour avançait rapidement en cette fin
d'automne et, bientôt, la nuit fut complètement tombée sur le lac Baïkal. Subaï dormait
depuis un moment et Darhan regardait le ciel.
Celui-ci s'était de nouveau rempli de nuages
qui ne laissaient pas passer la lumière des
étoiles. Parfois, une éclaircie apparaissait ici et
là, mais jamais le petit guerrier n'arrivait à
voir l'étoile du nord.

Le vent d'est soufflait légèrement, apportant
un air plus chaud et humide que par les jours
passés.

«Est-ce que tu viendras à moi? se disait
Darhan. J'ai fait tout ce chemin pour arriver
jusqu'à toi.»

«Elle t'appelle, avait dit Djin-ko sur la
branche du grand arbre, au pied des Montagnes
noires. Tu le sais depuis longtemps!»

Tous les événements, depuis que le garçon avait quitté sa famille – son ascension parmi les guerriers mongols, sa rencontre avec Djebe, son désastreux combat avec le prince –, l'avaient mené jusque-là. Le moment qu'il attendait depuis si longtemps se présenta alors. Sous le coup de l'émotion, Darhan retint son souffle.

L'étoile apparut entre les nuages qui s'estompaient. Comme un phare puissant, elle enveloppa l'île de lumière, comme en plein jour. Darhan regarda Subaï, étendu sur la pierre, près de lui. Celui-ci dormait à poings fermés, nullement dérangé par cette manifestation exceptionnelle de l'étoile.

Darhan était hypnotisé par son éclat. Son cœur battant à tout rompre, il semblait paralysé, incapable de bouger ou de penser quoi que ce soit. Il vit l'étoile amorcer une descente dans l'horizon noir de la nuit pour aller toucher à l'eau. Elle resta là, immobile. Le petit guerrier sentit son corps se mettre à bouger malgré lui. Il marcha comme un somnambule sur les rochers plats en direction de la rive. Il se retrouva au milieu d'une centaine de phoques tous entassés les uns contre les autres. Ceux-ci, comme des chiens hurlant à la lune, lançaient des cris puissants, la tête renversée vers l'arrière.

Le garçon enjamba la colonie de phoques et descendit dans l'eau glacée. Une chaleur intense envahit ses deux jambes et le maintint en équilibre, comme en suspens. Cherchant à comprendre ce qui lui arrivait, Darhan vit alors l'étoile se diriger vers lui.

Elle avança tout d'abord doucement, d'un mouvement presque imperceptible. Puis elle accéléra rapidement, si bien que, en quelques instants, elle fut devant lui. Elle l'enveloppa de sa blanche lumière, si éblouissante qu'il dut se cacher les yeux avec les mains.

La chaleur monta dans ses jambes jusqu'à son ventre, et sa nervosité fit place à un immense apaisement. C'est à ce moment qu'il entendit la voix d'une femme, douce et chaleureuse:

– Baisse tes mains, petit homme, que je puisse voir ton visage.

Darhan baissa les mains et ouvrit les yeux. Devant lui se tenait une femme au teint très pâle, avec de longs cheveux noirs qui descendaient jusqu'à l'eau. Dans la lumière immanente, elle le fixait d'un regard doux mais soucieux.

– Qui es-tu, toi qui réponds à l'appel de mon étoile? Depuis des mois, elle brille dans le ciel, et voilà que le chevalier que j'attendais est un enfant...

– Je m'appelle Darhan, fils de Sargö et de Yoni.

– Il est étrange que le destin d'une pauvre mère au cœur tourmenté puisse reposer entre les mains d'un si jeune garçon.

La femme eut ensuite un sourire rempli de compassion.

– Mon nom est Maï-li. Je suis la fée du lac. Je suis une ancienne princesse du royaume Jin, kidnappée à son père, il y a de cela mille ans, par deux frères tatars qui m'emmenèrent sur les rives sauvages de ce lac. Ils avaient l'intention de demander une rançon à l'empereur de Pékin en échange de ma liberté. Mais les deux hommes tombèrent amoureux de moi, et le plus fort l'emporta sur l'autre en lui enfonçant un poignard dans le cœur. Complètement dévasté par la mort de son frère et ne sachant pas quoi raconter aux siens pour expliquer ce fratricide, l'homme m'amena au bord de l'eau. Là, il m'accusa de les avoir montés l'un contre l'autre en les ensorcelant. Il me noya dans les eaux glacées du lac en me tenant les mains sur la gorge. Alors que je me sentais mourir, je fus appelée par le lac Baïkal qui était tombé, lui aussi, amoureux de moi. En m'unissant à lui, je suis devenue cet esprit qui erre depuis mille ans.

Darhan sentit son cœur se serrer. La lumière qui émanait de la jeune princesse se mit à faiblir lentement, et le visage de la princesse millénaire, la fée du lac, se fit plus distinct.

– Pourquoi es-tu si triste, jeune Darhan?

– Je suis triste parce que les hommes sont mauvais. Et, depuis que j'ai quitté ma famille, je n'ai cessé de voir et d'entendre des histoires cruelles.

– Es-tu mauvais, toi? demanda-t-elle avec un sourire de compassion. Tu es un guerrier, même si tes mains n'ont pas encore tué un homme. Mais cela viendra bien un jour, n'est-ce pas?

– Je ne sais pas, répondit Darhan.

– Oh! si, tu le sais! Et tu crains plus que tout ce jour où tu devras tuer un homme pour sauver ta propre vie, n'est-ce pas? Ce jour-là, seras-tu un homme mauvais?

– Je ne sais pas si je serai bon ou mauvais… Mais, ce jour-là, je sais que je serai misérable de toute façon!

– Tu es sage, mon jeune ami. Les hommes et les femmes de ce monde terrestre ne sont jamais mauvais. Ils sont surtout très malheureux. Et il n'y a rien d'autre à faire que de les consoler. Ce jour-là, où tu prendras la vie d'un autre avec ta lame, prends soin de ton cœur pendant qu'il s'effondrera au creux de ta poitrine. Car tu seras très malheureux.

– Ce jour-là, il arrivera sur les plaines de Samarkand, dit Darhan. Je l'ai vu en rêve.

La dame baissa la tête et murmura pour elle :

– Il va donc à Samarkand. C'est pourquoi il est venu jusqu'à moi.

– On m'a engagé de force dans les armées du Grand Khān, poursuivit Darhan en élevant la voix, en plein désarroi. On m'envoie loin de ma famille, de ma mère et de mes sœurs, prisonnières de mon oncle. Et pendant ce temps, mon père est l'esclave d'un sorcier du royaume Jin appelé Zao Jong. Quel sort cruel peut m'envoyer mourir ainsi chez les Perses, alors que les miens ont besoin de moi ? Bien sûr que je suis malheureux. Est-ce pour ça que je vais devoir tuer un homme ?

La dame s'agenouilla sur l'eau et s'approcha de lui.

– Écoute-moi bien, jeune homme. Écoute la source de mes tourments, et la raison pour laquelle mon destin repose entre tes mains.

Le petit paysan, déconcerté, s'agenouilla à son tour. Il était maintenant à quelques centimètres de Maï-li. Il pouvait presque sentir son odeur et sa chaleur. Il pouvait presque sentir son souffle sur son visage.

– Il y a de cela plusieurs années, raconta-t-elle, le lac amoureux m'a demandé un enfant. J'ai donné naissance à une petite fille que j'ai nommée Bun-yi. La petite, dès qu'elle sut marcher, se perdit dans les marais environnants et ne retrouva pas le lac. J'en fus profondément honteuse, me trouvant mauvaise mère, et je me suis enfoncée dans les eaux du lac en promettant de ne plus jamais en ressortir. Ma fille, Bun-yi, se trouva condamnée à errer dans les marais, éternelle malheureuse, appelant sa mère et pleurant sans cesse. Pendant de longues années, sur les rives du lac Baïkal, plusieurs hommes croisèrent le chemin de Bun-yi. Ceux-ci étaient attirés par ses cris de désespoir. Mais le cœur malheureux de la jeune fille était pour eux un piège. Car, chaque fois qu'ils voyaient le visage de Bun-yi, ils devenaient fous et ne retrouvaient jamais leur esprit. C'est ainsi que naquit la légende la jeune fille qui rendait les hommes fous. Cette légende voyagea longuement sur la steppe et par-delà les montagnes, de village en village et de ville en ville, pour ainsi arriver aux oreilles d'un méchant vizir à Samarkand. Celui-ci, terrible magicien, fut grandement intéressé par cette histoire. Il organisa une expédition chargée de capturer la jeune fille. Il mena lui-même cette expédition jusqu'aux rives du lac. Protégé par sa magie, il captura Bun-yi et il la voila à l'aide d'un carré de tissu. Il l'enferma dans une cage, chaînes aux pieds, et la mena ainsi jusqu'à la capitale du royaume perse où le vizir, en utilisant les pouvoirs de la jeune fille qui rend les hommes fous, put contrôler l'esprit du shah. Il contrôle ainsi, depuis des générations, l'esprit des rois perses, jusqu'au dernier qui est Mohammed Shah.

Maï-li fit une courte pause comme pour reprendre son souffle. Puis elle enchaîna :

— Le lac Baïkal voulut un jour voir sa fille et il vint me tirer de mon sommeil. Quand il comprit ce qui s'était passé, il me maudit à jamais. Comment une mère peut-elle ainsi abandonner son enfant ? C'est une chose que je n'arriverai jamais à m'expliquer.

Maï-li versa une grosse larme qui coula jusqu'au lac et se mêla à ses eaux.

— J'ai placé une étoile dans le ciel pour appeler à l'aide, car je suis sans ressource et sans force, livrée à mon sort, l'esprit obscurci par les tourments. Ma fille vit, depuis ce temps, avec un voile sur la tête, dans une tour du palais royal de Samarkand. C'est pourquoi je te propose ce marché : accompagne Gengis Khān dans sa guerre contre Mohammed Shah et retrouve ma fille. Si tu me la ramènes, je ferai en sorte que ton destin croise celui de ton père.

Darhan songea à Djin-ko.

«Toute chose arrive parce qu'elle doit arriver, avait dit le petit génie. Tout est écrit dans les étoiles.»

Il pensa à son père qui savait lire dans les étoiles. Il regarda Maï-li.

– Je vais retrouver ta fille, déclara-t-il avec une spontanéité qui le surprit lui-même. Je te la ramènerai!

Maï-li eut un petit sourire et baissa la tête en signe de remerciement.

La fée du lac, qui avait été autrefois une princesse du royaume Jin, commença à s'estomper avec le lever du jour.

– Une dernière chose, dit-elle: quand tu l'auras libérée de l'emprise du vizir de Samarkand, ne lui enlève pas ce voile qu'elle a sur la tête. Bun-yi a tellement pleuré par ma faute que tu deviendrais fou à la seule vue de son visage déchiré par la douleur.

Ce furent ses dernières paroles. Et bientôt, Maï-li ne fut plus qu'un souvenir dans la naissance de l'aube.

Darhan avait le regard plongé dans l'eau du lac, qui prit une teint rosée sous l'effet de la lumière du soleil qui commençait à surgir à l'horizon.

– Au secours! entendit-il derrière lui. À l'aide!

Sous plusieurs phoques qui se tenaient tout près, il vit la main de Subaï qui s'agitait. Le jeune garçon était écrasé par plusieurs de ces animaux qui s'étalaient sur lui de tout leur poids. Darhan accourut à son aide. Il poussa les phoques qui s'écartèrent nonchalamment.

– Qu'est-ce qu'ils font là? cria Subaï qui était tout rouge. Ils auraient pu me tuer, ces lourdauds!

– Ils se sont pris d'affection pour toi.

– Oui, mais bon… Et puis, quelle odeur! Pouah!

Subaï se remit debout.

– Mais qu'est-ce que t'as, toi? lança Subaï en se relevant.

– Je ne sais pas, fit Darhan.

– Non, je te le dis, il y a quelque chose.

Le jeune voleur s'approcha de Darhan. Il plongea son regard dans le sien. Puis ses genoux flanchèrent, et il tomba sur le derrière…

– Qu'est-ce qui te prend? lui demanda Darhan. T'es malade?

– Non, répondit Subaï en se frottant les yeux, j'ai eu comme un vertige. C'est seulement que…

– Seulement quoi? insista Darhan, intrigué par le comportement du garçon.

– C'est dans ton regard… Il y a quelque chose.

– Il y a quoi?

– C'est comme si j'avais regardé un ciel étoilé.

– T'as trop manqué d'air sous les phoques, répliqua Darhan en haussant les épaules.

Ils descendirent tous les deux le coteau rocheux et se dirigèrent vers le radeau qu'ils mirent à l'eau.

***

Darhan poussait l'embarcation à l'aide du long bâton. Subaï, assis en tailleur, regardait l'eau du lac et la touchait avec sa main. Le soleil brillait dans le ciel matinal. Le chant des oiseaux était doux dans la lumière de l'hiver naissant.

– Et alors? demanda Subaï. Qu'est-ce qu'on fait, maintenant?

– Qu'est-ce qu'on fait? répéta Darhan.

Son regard était éclairé d'une étrange lueur. Son iris était d'un noir profond et sa pupille était blanche, lumineuse, comme si une étoile brillait derrière…

– Maintenant, dit-il d'une voix qui fit écho sur le lac, nous allons rejoindre l'armée de Gengis Khān. Nous allons à Samarkand!

LEXIQUE

Aaroul : fromage très dur fait à partir de lait caillé.

Allahou ak-bar ! : Allah est grand !

Altaï : Chaînes de montagnes de l'Asie centrale russe, chinoise et mongole. Le plus haut sommet culmine à 4 506 m.

Baïkal (lac) : Grand lac de la Sibérie méridionale. Il couvre 31 500 km² avec 1 620 m de profondeur, ce qui en fait le lac le plus profond du monde.

Chaman : Prêtre et magicien des religions chamanistes pratiquées en Asie centrale et en Amérique du Nord. Il communique avec les esprits par l'extase et la transe.

Gobi (désert) : Grand désert du nord de la Chine et du sud de la Mongolie. Son nom signifie désert en langue mongole.

Inch Allah ! : À la grâce d'Allah !

Indus : Grand fleuve d'Asie qui prend sa source au Tibet, pour traverser le Cachemire et le Pakistan, et se jeter dans la mer d'Oman.

Jin : Dynastie Jin (1115-1234). Originaire de Mandchourie. Les Jin ont consolidé un puissant empire qui s'étendait de la Corée, au nord, jusqu'à l'empire Song, au sud. Ils firent de Pékin leur capitale. L'empire fut détruit par Ögödei Khān, troisième fils de Gengis Khān.

Karakorum : Capitale de l'ancien Empire mongol dont les ruines se situent au sud d'Oulan-Bator, capitale de la Mongolie moderne.

Kereyit : Tribu mongole. Une des premières à former l'union des tribus avec Yesugei, père de Gengis Khān.

Khwarezm : Empire perse oriental qui comprend l'Iran, la Transoxiane et l'Afghanistan.

Minaret : Tour d'une mosquée d'où le muezzin fait son appel à la prière.

Mohammed Shah : Souverain du Khwarezm. Poursuivi par l'armée mongole, il ira se cacher vers 1220 dans une île de la mer Caspienne où il mourra.

Mosquée : Édifice cultuel de l'Islam.

Nadaam : Grand festival mongol. Il signifie « jeux » en langue mongole. On y pratique le tir à l'arc, la lutte et la course à cheval.

Orhum : Crème de lait bouilli.

Orkhon (fleuve) : Fleuve long de 1 124 km, traversant le nord de la Mongolie.

Perse : Peuple descendant des Achéménides (VIe-IVe siècles av. J.-C.) et des Sassanides (IIIe-VIIe siècles ap. J.-C.) qui imposèrent leur culture à l'ensemble de l'Iran contemporain.

Qiyat : Tribu mongole d'où est issu Temiijin-Gengis Khān.

Qonjirat: Tribu mongole.

Qormusta: Grand dieu des Mongols.

Samarkand: Ville d'Ouzbékistan au passé glorieux et légendaire. Fut louangée de tous temps par les poètes pour sa magnificence qui atteignit son apogée avec Tamerlan (1370-1405).

Song: Dynastie Song (960-1279). Grande dynastie qui contrôla la Chine (960-1127) avec Kaifeng pour capitale, puis Hangzhou (1127-1279) à la suite de la prise de Kaifeng par les Jin. Fut annexée par la dynastie mongole Yuan en 1279.

Taklamakan (désert): Désert d'Asie centrale. Passage obligé de la route de la soie vers l'Extrême-Orient. Le nom signifie à peu près «l'endroit d'où on ne revient pas».

Tangut: Appelé Xi-Xia par les Chinois (982-1227). Royaume fondé en 982 par des tribus tibétaines dans les plaines du Sichuan. Détruit par les Mongols en 1227.

Tatar: Groupe ethnique de langue turque qui habitait le nord du désert de Gobi au Ve siècle. Fut annexé définitivement par les Mongols en 1202.

Transoxiane: Région d'Asie centrale.

Tugiin: Signifie «drapeau» en langue mongole.

Ürga: Grand bâton utilisé par les éleveurs mongols pour rassembler les troupeaux.

Yourte: Tente ronde en feutre sur montant de bois utilisée par les nomades mongols et les autres populations d'Asie centrale.